Caja Cazemier

Uitgeverij Ploegsma Amsterdam

Kijk ook op:
www.ploegsma.nl
www.cajacazemier.nl

ISBN 978 90 216 6986 1 / NUR 283
© Tekst: Caja Cazemier 2012
Modeschetsen: Ieke Bakker en Jessica Reekers
Omslagontwerp: Annemieke Groenhuijzen
Omslagfoto: Shutterstock
Foto auteur: Bertus Molenbuur
Typografie en zetwerk: Irma Hornman, Studio Cursief
© Deze uitgave: Uitgeverij Ploegsma bv, Amsterdam 2012
Alle rechten voorbehouden.

Uitgeverij Ploegsma drukt haar boeken op papier met
het FSC-keurmerk. Zo helpen we waardevolle oerbossen
te behouden.

Inhoud

Cherrytomaatjes

Hoeveel ik weeg, is geheim. Heel veel mensen vinden mijn gewicht een probleem, maar ik wil geen probleem zijn, dus heb ik besloten dat dik zijn niet erg is. Ik heet Bibi en ik ben dik. Zo ben ik. Wat ik wel erg vind, is dat mensen denken dat ze je kennen. Omdat ik dik ben, zal ik wel een gezellige meid zijn, van lekker eten houden en niet van sporten. Nou ja. Toevallig zijn die eerste twee wel waar, maar dat laatste is een slag in de lucht. Ik moest iets doen van mijn pa en ma, en toen ontdekte ik Zumba. En dat is behalve dodelijk vermoeiend ook écht leuk. En verder ben ik dol op mode en cherrytomaatjes.

Dat ik gek ben op lekker eten heb ik van mijn ma. Hoewel... mijn pa heeft het ook. Het rare is alleen dat mijn pa kan eten wat hij wil, hij zal geen grammetje aankomen, terwijl mijn ma en ik...

Mijn pa heeft ook nog eens een beroep met eten. Fout! Hij is géén kok. Wat wel? Je raadt het nooit. Of eigenlijk werkt hij niet met eten – snoep is geen eten, tenslotte. Mijn pa is dropmaker. Kun je het je voorstellen?! Dat wil ik later ook wel worden, maar misschien is het niet zo'n handige beroepskeuze voor iemand als ik.

Mijn ma zegt altijd dat hij haar heeft verleid met zijn dropkunsten. Ja, echt, zo zegt zij dat. Grappig, hè? Hij was wel een leuke jongen, maar pas toen hij vertelde dat hij bij een dropfabriek werkte, gingen haar ogen pas echt voor hem open. En haar hart dus ook.

Tien miljoen dropjes rollen er dagelijks van de band in de snoepfabriek waar mijn pa werkt. Als je die achter elkaar legt, kun je een rij om de wereldbol leggen, heeft hij wel eens gezegd. Mmm, het water loopt me in de mond als ik daaraan denk. Ze maken Autodrop en Oldtimers en zo. Vroeger zijn mijn broertje en ik wel eens mee geweest. We vergaapten ons aan al die verschillende vormpjes waar dat goedje in gaat. En het rook zó lekker: een basisdeeg van zoethoutwortel-extract, gelatine, suiker, zout, glucose, Arabische gom of zetmeel en dat soort grondstoffen. Ik heb op de basisschool een keer een spreekbeurt over drop gehouden en mijn klasgenoten een nieuwe smaak laten proeven. Tjonge, een pa die drop maakt, dat is scoren op de basisschool. Op de middelbare school lachen ze me erom uit. Jouw vader dropmaker? Ha ha!

Zijn taak is het bedenken van nieuwe dropjes. Op zijn bureau liggen allemaal dropjes die hij moet proeven, en dan moet hij zeggen hoe ze nóg lekkerder kunnen smaken. Of hij moet een nieuw vormpje bedenken. Leuke baan! Daarom gaat hij altijd fluitend naar zijn werk. Mijn ma heeft ook een leuke baan, zegt ze zelf, maar zij gaat nooit fluitend van huis.

Wij moeten thuis ook wel eens proeven en dus beslissen over een smaak: dan neemt mijn pa wat proefzakjes mee. Wauw! Ik heb wel eens gevraagd of ik geen bijbaantje kon krijgen in die fabriek, maar dan kom ik op de inpakafdeling, zegt hij. En dat weet ik nog zo net niet.

'Snoepen,' zegt mijn pa, 'is leuk en lekker en maakt vrolijk.'

'En dik,' voegt mijn ma er de laatste jaren aan toe.

Maar dat geldt dus niet voor hem zelf. Ik weet niet hoe hij het doet, misschien slikt hij ze niet door... Dik is mijn pa er nooit van geworden. Mijn ma en ik dus wel, maar niet alleen van drop, want wij houden gewoon van lekker eten. Mmmmm... Je neemt een hap en voelt het in je mond smelten.... Ik kan de hele dag wel eten! Maar ja.

Daarom kan het gebeuren dat ik in de pauze de kantine in loop en dat mijn blik op de prijslijst boven de balie valt. Nou ja, valt... Die wordt er naartoe getrokken zoals de blik van jongens naar het decolleté van mijn vriendin Valerie-Valentine. Laten we eerlijk zijn, als ik een hongerige maag heb – en mijn maag is altijd hongerig na vier lesuren – kijk ik automatisch naar de balie. Wat zal ik eens nemen? Het lukt me gewoon niet om dat *niet* te zien, door te lopen naar een tafeltje, er met mijn rug naartoe te gaan zitten en mijn boterhammen te pakken. Die ik overigens ook heel lekker vind, daar niet van.

Nee, ik kan me niet beheersen. Ik *moet* naar de balie lopen en snacks halen, vooral als het al een paar dagen geleden is dat ik iets gekocht heb. Ik heb het idee dat ik mijn schooldag beter doorkom met een saucijzenbroodje of een broodje kroket in mijn maag.

Het stomme is dat ik heel vaak commentaar krijg. Soms al als ik ongeduldig mijn beurt sta af te wachten, terwijl ik voortdurend op mijn hoede ben of niemand vóórpiept.

'Zin in wat lekkers, Bibi?' Het wordt op zo'n toon gezegd of het iets afkeurenswaardigs is, maar de spreker van deze woorden heeft precies dezelfde trek in wat lekkers. Dat geldt voor iedereen die hier in de rij staat, waarom is het van mij dan raar? Ik ontwikkel op zo'n moment een tunnelblik: broodje kroket! En dan die eerste hap waar ik niet mee kan wachten tot ik ergens zit... Goddelijk!

Maar dan zegt iemand, bijvoorbeeld Carien uit mijn klas: 'Wil je soms nóg dikker worden, Bibi?'

Ik kijk wat ze in haar handen heeft, en zeg: 'Jij toch ook?'

'Voor iemand die obesitas heeft, ben je niet slim bezig.'

'Heb ik obesitas?' zeg ik met volle mond. 'Sinds wanneer heb jij daar verstand van?'

Ik heb een hele rij antwoorden in mijn hoofd klaarliggen. 'Ben jij soms van de dieetmaffia?' werkt ook wel. Of: 'Sinds wanneer heb jij toestemming je met mijn kilo's te bemoeien?'

Als ze zeggen: 'Daar heb ik geen toestemming voor nodig,' zeg ik gewoon: 'Dan mag ik dus zomaar zeggen dat jij die bril in het vervolg thuis moet laten, géén gezicht. Absoluut niet slim.' Of ik maak een andere spottende opmerking over hun uiterlijk. Tsj!

Het gekke is dat hetzelfde gebeurt als ik cherrytomaatjes in mijn lunchtrommel heb. Daar ben ik dol op. Nee echt, dat is voor mij net zo lekker als de dropjes van mijn pa of de taartjes van de beste banketbakker van onze stad.

Ik zit met mijn vriendinnen in het gras achter de school, een ideale plek om op mooie dagen de drukke kantine te mijden. Omdat er altijd jongens op Val afkomen, zitten we er met jongens en meiden. En waar jongens zijn, zijn ook Carien en Eylem, de jongensgekken van de klas, oftewel we zitten er met een hele club. Het is september, we zitten nog niet zo lang in de derde, dus ik weet niet hoe de jongen heet die zo nodig over mijn tomaatjes op moet merken: 'Zo hé, die heb je dus wel nodig, want daar mag wel een kilootje af...' Hij grijnst breed.

Nou ja! Ik ontplof bijna. Is het weer niet goed!

'Stomme Marvin,' zegt mijn vriendin Yfke.

'Zo gaat het nou altijd,' bries ik. 'Het is nóóit goed. Iedereen denkt dat hij je zomaar respectloos mag benaderen en alles mag zeggen. Mooi niet! Dat is **dik**criminatie!'

'Relax,' zegt Thian.

Misschien moet ik nu eerst iets over mijn vriendinnen vertellen. We hebben alle vier een aardigheid. Ik bedoel: een eigenheid. Nou ja! Hoe heet dat... Een eigenaardigheid natuurlijk! Ik ben dus dik. Valerie-Valentine heeft een lange naam, maar dat klopt wel: ze houdt van versieringen. Ze draagt dure kleren en spaart bedels voor haar Pandora-armband. Ze heeft liever niet dat we haar naam afkorten, maar dat doen we dus allemaal. Zeg nou zelf, zo'n mond vol. (Alleen een mond vol cherrytomaatjes is oké. Ha ha, grapje.)

Yfke is onafscheidelijk van haar potlood. Ze is dyslectisch en kan niet goed schrijven. En ze heeft een bloedhekel aan lezen. Maar tekenen kan ze supergoed en dat doet ze de hele dag door!

We kennen elkaar van de basisschool. En ze steunen mij altijd door dik en dun.

Thian heeft zich in de brugklas bij ons clubje aangesloten. Ze woont alleen met haar moeder, die uit Vietnam komt, maar Thian is hier geboren. Haar naam betekent 'zacht', en dat klopt helemaal. Alles aan haar is zacht. Haar stem, haar handen, haar karakter.

Hoe wist haar moeder wat voor soort baby ze had gekregen, vraag ik me altijd af. Ik vind het wel leuk als een naam van iemand iets betekent. Mijn naam betekent helemaal niets. Eigenlijk heet ik Bibiènne. Te veel letters. Te veel naam. Ik heb van alles te veel. Te veel kilo's. Te veel eetlust. Te veel moederliefde. Past de naam toch weer bij mij.

Maar goed, terug naar dat moment op het gras waarop mijn tomaatjes worden beledigd. Dat laat ik niet gebeuren. Ik kijk naar mijn klasgenoten. Ik kijk ook naar Marvin en zie zijn mond met de uitstekende, scheve tanden. Ik sta op en loop naar hem toe.

'Zo hé,' zeg ik, terwijl ik naar zijn mond wijs. 'Jij mag wel eens een beugel. Want dit kan echt niet.'

Er wordt gelachen. Giel, de jongen naast hem, stoot Marvin aan. 'Ha ha, één-één!'

Ik kijk naar Giel en zeg: 'Zo hé, ik zou mijn neus maar eens laten verbouwen, hij steekt de lucht in.'

Als hij scheel gaat kijken om die neus te kunnen zien, lacht de klas weer.

Tegen Carien zeg ik: 'En als ik jou was, zou ik maar eens lekker gaan bikkelen, zo mager is ook geen gezicht.'

Zo loop ik door het groepje klasgenoten. Ze zien de grap er wel van in, en kijken me afwachtend en met een lach op hun gezicht aan.

Ik zeg iets over hun haar, hun sproeten, hun kleren, hun puisten, hun zonnebrillen, hun telefoons. De enige over wie ik niets zeg, is Hasna, die net als ik een maatje meer heeft. Ik fluister haar wel wat in het oor: 'Wij zijn gewoon de mooisten van de klas!'

Er is de laatste tijd iets te vaak wat onaardigs over mijn formaat gezegd. Ik moest even wraak nemen.

Nieuwe kleren

Ik ben dol op mooie kleren. Natúúrlijk ben ik daar gek op, net als ieder ander meisje! Waarom zou een dun meisje wél, en een dik meisje niet van mode houden? Regelmatig ga ik shoppen met Valerie-Valentine, want zij heeft het meeste geld. Gearmd lopen we door de stad en we gaan winkel in, winkel uit. Verschillende kledingstukken laat ik door mijn handen gaan zonder naar de maat te kijken, want meestal pas ik er toch niet in. Waar mijn vriendinnen nog verzuipen in de kleinste maat (nou ja, tikje overdreven misschien), zit bij mij alles te strak. En dan heb ik een paar maten groter aangetrokken. Alles trekt en knelt, en accentueert elke kilo. Nóg groter is er vaak niet, of de mouwen hangen tot halverwege mijn knieën. Dus ik laat mijn vriendinnen passen en kijk. Dat is een gegeven, dat weet je, dus daar doe je niet moeilijk over. Ik vind het heerlijk om het slanke lichaam van Val te zien verschijnen in het ene jurkje na het andere bloesje. Ze houdt een soort modeshow voor me, en ik geef commentaar.

'Te veel ruches, Val, dat maakt dik. Nee, geen beige, daar word je bleek van. Dat strikje is mooi, maar die hals is te hoog, dat wil jij helemaal niet. Lager is beter, anders heb je geen inkijk als je voorover buigt. En die broek kan niet, Val, die zit te wijd. Zo krijg je me toch een kont!'

Daar krijg ik ze altijd mee op de kast, met het dreigement dat ze een kont krijgen. Daar zijn Thian en Yfke niet anders in. Grappig is hoe ze hun romp als een wokkel proberen te draaien om hun achterkanten in de passpiegel te kunnen zien.

'Nee, geintje!' roep ik als ze beginnen te fronsen. Terwijl Val past, draag ik accessoires aan: 'Hier zou je een riem om moeten dragen, doe eens? En dit sjaaltje erbij dan?'

Kopen stelt Val uit tot we bij de H&M zijn. Dan verdwijnen we opnieuw met een serie kledingstukken in de paskamers, en kiest ze het een en ander uit om haar kleedgeld aan uit te geven. Daarna kijken we ook altijd naar hemdjes, sjaaltjes, oorbellen en make-up. Voor mij, want daar geef ik mijn geld aan uit.

Maar vandaag pas ik ook wat. Nu draai ik me ook in een wokkelvorm om mijn achterkant te zien in de spiegel die naast de vier pashokjes staat. Ik heb een donkerrode broek aan en een shirt dat op het haakje heel groot en toch leuk leek, maar om mijn bovenlijf nergens meer naar lijkt. Nou ja, misschien op een ingesnoerde walrus. Ik trek het iets omhoog om te kunnen zien hoe de broek zit. Al heb ik mijn adem ingehouden, het voelt tamelijk strak. Alles voelt strak. Ken je dat? Zo moeten meisjes zich vroeger ook gevoeld hebben toen korsetten in de mode waren, maar ik wil niet lijden, ik wil leuke kleren dragen.

'Schaam je je niet?' zegt ineens het meisje dat uit het pashokje naast ons komt en in plaats van naar haar eigen spiegelbeeld schaamteloos naar mijn spek kijkt.

'Nee, waarom zou ik?' snauw ik.

'Schaam jij je niet dat je zo zit te kijken?' grauwt Val erachteraan.

Het meisje wendt hooghartig haar hoofd af. 'Ik zou me echt dóódschamen,' zegt ze onverstoorbaar, 'en onmiddellijk naar de sportschool rennen.'

'Moet je vooral doen,' mompel ik.

'Beláchelijk kind!' snuift Val als ze in het pashokje naast ons verdwenen is.

Ik neem een hap lucht waarbij ik mijn buik goed intrek voor ik weer in de spiegel kijk, maar ik weet het al: de grootste maat is te klein. En dat shirt staat vreselijk. De H&M heeft wel grote maten, weet ik, maar niet ónze H&M. Die moet je op internet bestellen, maar ik wil eerst zien en voelen voor ik wat koop, en zeker weten of het wat is, en niet alles weer terug hoeven sturen omdat het tóch niet naar m'n zin is. Die grote-maten-mode noemen ze overigens BIB: Big is Beautiful. Echt, dat is heel toevallig! Ik ben het alleen niet met ze eens: Big is Lastig. Qua kopen dan. Hm, die afkorting is een beetje raar, dan toch maar Big is Best. Past beter bij mij, in ieder geval.

Ik ga verder met mijn werk als kledingadviseuse en zie overal om me heen slanke mensen. Val rekent haar selectie af en we gaan naar buiten. Er is hier een winkel speciaal voor grote maten, maar daar ga ik wel naartoe als ik een volwassen vrouw ben. Helemaal aan het eind van de winkelstraat is een boetiek waar ze elastische broeken hebben én waar ze de broekspijpen op maat naaien. Daar koop ik een zwarte broek die nog lekker zit ook.

Bij Val thuis lopen we onmiddellijk door naar haar kamer, waar ze opnieuw haar aankopen gaat passen. Terwijl ik naar haar kijk, denk ik na. Héél soms droom ik ervan zo dun te zijn als de i in mijn naam. Of in elk geval zo dun als Val. Alléén maar omdat het veel gemakkelijker is met kleren kopen. Dit is zo'n zeldzaam moment.

Als ik dat hardop zeg, schrikt Val: 'Nee! Dan ben jij jezelf niet meer!'

Daar heeft ze een punt. Ze kijkt naar mij, peinzend, en draait zich weer naar de spiegel. 'Dit houd ik aan,' besluit ze, waarna ze de rest in haar overvolle klerenkast hangt. Dan zegt ze: 'Ga je mee naar beneden?'

Valerie-Valentine woont vlak bij mij, en haar ouders werken net als de mijne allebei. Omdat haar zus al op zichzelf woont, is Val veel alleen thuis. De laatste tijd is haar oma er nogal eens.

'Zij is er niet voor mij, ik ben er voor haar,' legt Val uit. 'Sinds de dood van opa vindt ze er niets meer aan in haar eigen huis, en nu zoekt ze wat gezelschap.'

Ze is een oma met roodgeverfde haren en lippen in dezelfde kleur, en we vinden haar in de zonnige serre, waar ze met een grote doos vol lappen stof in de weer is. Ze sorteert ze op kleur. Het valt me iedere keer weer op hoe modieus gekleed ze is, zo heel anders dan mijn eigen lieve omaatje!

'Dag meiden!' begroet ze ons. 'Een beetje geslaagd in de stad?'

'Ja,' zegt Val.

'Nee,' zeg ik.

'Precies, dat bedoel ik,' zegt Val en ze kijkt haar oma smekend aan. 'Kun jij ons vanmiddag leren naaien? Want Bibi is niet geschikt voor de confectie uit de winkelketens.'

De oma van Val schiet in de lach. 'Weet je wel wat je zegt?'

17

'Heus wel! Met een oma die uit de mode komt en een zusje die dat wil gaan doen...'

Ik kijk mijn vriendin met knipperende ogen aan. Haar zus Melody woont op kamers in Arnhem, waar ze de modeacademie doet. Die belangstelling heeft ze niet van een vreemde.

'Ze moet dus haar eigen lijn,' besluit Val. 'Kun je ons daarbij helpen?'

Nu begrijp ik ook wat ze zegt. Ik ben onmiddellijk enthousiast.

En ook Vals oma begint te stralen. Ze kijkt achterom, waar de naaimachine al in de aanslag staat. 'Met alle plezier! Maar dat doe je niet in één middag.'

'Hoe lang duurt het dan?' vraagt Val nog.

Nu is het mijn beurt om in lachen uit te barsten. Val is best slim, maar sóms...

Het eerste uur komen we niet veel verder dan tijdschriften doorbladeren op zoek naar wat ik wil. Er zijn tijdschriften genoeg, het hele huis hier is dol op mooie kleren en mode. Zelfs Vals vader, die een galerie heeft en er zelf ook artistiekerig uitziet.

'Je moet eerst ontdekken wat je leuk vindt,' zegt de oma van Val.

'Maar die modellen zijn allemaal potlooddun,' protesteer ik. 'Met één arm pas ik nog niet in die jurkjes.'

'Komt goed, komt goed, dat passen we aan.'

Dat moet ik nog zien, maar ik wil haar graag geloven.

'En dan eerst de basistechnieken,' zegt de oma van Val.

Ze laat me wat lapjes aan elkaar naaien op de machine, telkens met verschillende steken. We mogen ook alvast een greep doen in de berg stoffen. Bij het voelen van al die verschillende materialen die door mijn vingers gaan – glad, ruw, dik, dun, flinterdun – voel ik een vreemd soort opwinding. Kun je hiervan kleren maken zoals jij ze wilt hebben?! Ook neemt de oma van Val mijn maten op. Ik gloei bij het horen van de centimeters, maar deze oma doet alsof het de gewoonste zaak van de wereld is.

Juichend kom ik thuis en ik houd niet op over de oma van Valerie-Valentine en mijn nieuwe hobby.

'Je moet nog beginnen!' lacht mijn broertje Bink mij uit. 'En het is nu al een hobby?'

Mijn broertje is net zo goed erfelijk belast, denk ik als ik hem aankijk, hij is zo mager als mijn pa.

'Wacht maar af, jochie,' zeg ik, 'dit wordt meer dan een hobby.' Ik voel het diep vanbinnen: dit is echt iets voor mij.

Ik ben zo vol van alles, dat ik treuzel met mijn eten.

'Kom, kind.' Mijn ma stoot mij aan. 'Je moet wel goed eten, hoor!'

Mooi paars

Na deze middag wóón ik zowat bij Valerie. Haar oma heeft haar logeerpartij speciaal voor mij verlengd. We kunnen het heel goed samen vinden, en ik ben een ijverige leerling. Val ontdekt dat ze veel te ongeduldig is voor al dat gepriegel, dus die haakt snel af.

'Ik ga liever gitaarspelen,' zegt ze lachend. En ze verdwijnt naar boven.

Ik vind het niet erg, ik geniet van mijn privéles. Of Val het erg vindt dat ik aldoor zo veel tijd met haar oma in haar huis doorbreng, kan ik niet goed inschatten. Of misschien sta ik daar niet zo bij stil. Of misschien denk ik op dat moment nog dat het van tijdelijke aard is.

In de ruime serre staat een ronde tafel waaraan wij zitten te werken. De naaimachine, die ik nu een beetje heb leren kennen, staat zolang even op de grond. Valeries oma heeft de stof die ik heb uitgezocht dubbel neergelegd en zorgvuldig strijk ik hem glad met mijn handen. Ik geniet van de streling van de stof aan mijn vingertoppen. We spelden een papieren patroon erop vast, en dan knip ik alle onderdelen uit van wat mijn top moet worden. De schaar glijdt soepel door het donkerpaars. Het patroon zelf, dat is aangepast aan mijn maat, heeft Vals oma uitgeknipt. Ik kan niet geloven dat dit straks om mijn lijf zal passen, maar bijt liever op mijn tong dan dat ik een wantrouwende opmerking maak. (Nóg liever bijt ik in een stroopwafel, door Valeries moeder gebracht.) De oma van Val zal wel weten wat ze doet, denk ik, ze heeft vroeger voor een boetiek genaaid.

Nu ligt mijn shirt in losse stukken op tafel. Vals oma laat me garen van de juiste kleur in de machine rijgen en wijst me de volgorde waarop ik dit in elkaar moet zetten. Dus ik naai eerst het beleg (ik dacht altijd dat hagelslag en zo 'beleg' was. Mmm, ik krijg trek in een lekkere boterham met veel boter en een dikke laag melkchocolade hagelslag...) Dan ga ik verder met de schoudernaden, de zijnaden, en tot slot de zomen. Al-gauw is de serre een en al stof en draad en zoeken we keer op keer naar de schaar die zich aldoor verstopt tussen de lappen. Precies op het moment dat Val komt vragen of het lukt, zit ik net als de oma van Val met spelden tussen mijn lippen geklemd.

'Mm mm mm mmmm,' zeg ik.

'Helemaal goed,' reageert Val.

Ik kan niet wachten tot mijn nieuwe outfit klaar is. Behalve dit bloesje zullen we ook een rokje maken. Het moment dat ik voorzichtig – want spelden! – de stof over mijn hoofd trek om te passen, lijkt er ook een speld in mijn maag te prikken. Hoe zal het worden?

Vals oma verschikt hier en daar nog wat spelden en knikt dan tevreden. 'Je werkt netjes,' zegt ze.

Ik grinnik. 'Dat zeggen ze op school nou nooit.'

'Is dat omdat jij op school niet netjes werkt, of omdat ze nooit iets over je werk zeggen?' wil oma weten.

'Beide. Het enige wat je te horen krijgt, zijn cijfers.'

'En hoe zijn die cijfers? Vind je het leuk op school?'

Ik trek mijn neus op. 'Gaat. Mijn agenda is dol op zesjes.'

Na twee middagen is mijn shirt klaar, en na nog een middag en een avond ook het rokje in een iets donkerder tint dan het bloesje. Ik ben helemaal verbaasd over mijzelf. Alles heb ik zelf gedaan, met hulp van oma Valentine dan, zoals ik haar nu noem: het uitzoeken van de stof, het knippen, het naaien, de afwerking. Het is een simpel patroon, maar als ik naar mezelf staar in de passpiegel die Val me voorhoudt, kan ik mijn ogen niet geloven. Ben ik dit? Ik zie er niet eens uit als een olifant in een balletpakje... Deze combi is geweldig!

'Je hebt gekozen voor twee dezelfde kleuren in een net andere tint, dat kleedt mooi af!' zegt oma Valentine voldaan.

Val knikt ook. 'Supermooi, Bibi, het staat je echt geweldig!'

En dat zegt ze niet om mij een plezier te doen, dit staat echt goed rond mijn lijf. Hier voel ik me mooi in! Hoe kan dit?

'Donker en effen doen het altijd goed bij jouw maat,' legt oma Valentine uit. Ze wijst. 'Deze naden versterken de lengte, dat helpt ook.'

Ik kijk en ik kijk tot Val er zere armen van heeft. Ze zet de passpiegel op de grond en laat haar schouders hangen en haar armen bungelen. Ik klop op haar rug, maar kijk oma Valentine aan. 'Mag ik nog iets maken?'

'Tuurlijk! Maar ik ga eerst naar mijn eigen huis. Ik moet een paar dagen op mezelf van mezelf – anders leer ik het nooit. En dan kom ik terug voor nieuwe kleren.'

Ik vind het een raar idee dat zij op haar zesenzestigste nog dingen moet leren. Ik dacht dat je alleen leerde als je jong was! Maar ik val haar blij om de hals.

Ik ben supertrots en nadat we hebben opgeruimd, fiets ik als een speer (nou ja, in mijn eigen speertempo) naar huis. Ik pas mijn make-up aan en werp de verdere dag heel veel blikken in de spiegel. Ik show voor mijn ouders en zelfs mijn broertje ontkomt er niet aan.

'Bink, kijk eens.'

Hij kijkt alleen maar naar het computerscherm. 'Yes! Raak!' zegt hij.

Dat slaat natuurlijk op zijn spel. 'Toe nou,' dring ik aan. 'Kijk eens naar mij.'

'Geen zin,' zegt de etter.

'Draai je nou effe om, man.'

'Wat krijg ik ervoor?' vraagt hij zonder omkijken.

'Niks natuurlijk.'

'Dan kijk ik niet.'

'Hè, doe niet zo stom.'

'Alleen als je zaterdag naar onze wedstrijd komt kijken.'

Ik wil zó graag gezien worden, dat ik tot mijn eigen verbazing: 'Goed dan,' zeg.

Bink werpt een blik over zijn schouder. 'Leuk.'

'Je kijkt niet!'

'Wel, ik keek toch, mooi paars.'

'Niet écht! Dat is nog geen vijf minuten van je wedstrijd waard.'

Nu draait Bink zich helemaal om en neemt hij de tijd om te kijken. 'En dat heb je zelf gemaakt?'

'Ja!' zeg ik trots. 'En?'

'Wat en?'

'Nou moet je zeggen wat je ervan vindt.'

'Best mooi.'

Ik grinnik. Dat klinkt spontaan... Daar meent hij

niets van. 'Een halve wedstrijd, hoor!' ding ik af.

Op school valt het ook op. De meiden vragen waar ik geshopt heb, en ze geloven me niet als ik roep: 'Zelf gemaakt!' Val moet erbij komen om te getuigen. Yfke en Thian vinden me prachtig.

Ik draag mijn nieuwe shirt en rokje natuurlijk zo veel mogelijk en ongeduldig vraag ik aan Val: 'Is ze er al weer?'

Het wachten duurt lang, heel erg lang. Als mijn kleren in de was zijn, sta ik voor mijn klerenkast en trek het ene na het andere aan. En weer uit. Niets zit zo mooi als mijn nieuwe paarse outfit. Heel erg ontevreden over de inhoud van mijn klerenkast gooi ik de boel op de grond en stamp boos op mijn vloerbedekking. Ik heb niets om aan te trekken. Waarom ben ik nou ineens ongelukkig? Ik heb toch alles wat mijn hartje begeert, denk ik: fijne ouders, een irritant-maar-toch-ook-wel-lief broertje, leuke vriendinnen. En ik denk er achteraan: op een naaimachine na, dan.

Ik stamp naar beneden en plunder de koelkast. Na een stuk worst, een dikke plak kaas en een handvol cherrytomaatjes voel ik me wat beter. Dan zoek ik mijn ma, die staat te strijken. Gelukkig, mijn paarse shirtje zit er ook bij!

'Waarom heb jij geen naaimachine?' vraag ik.

Ik krijg een zeer verbaasde blik van haar. 'Daar heb ik nu geen tel van mijn leven naar verlangd. Ik heb mijn geld aan andere dingen uitgegeven.'

'Is zo'n naaimachine duur?'

'Geen flauw idee.'

Ik neem een zak chips mee naar boven en ga op Marktplaats kijken naar tweedehands naaimachines.

Maar voorlopig heb ik eerst en vooral de oma van Val nodig, denk ik.

Nog steeds is ze niet terug. Mijn enige afleiding is de zumbales, de koelkast en de wedstrijd van Bink waar ik dus niet onderuit kom. En o ja, mijn huiswerk, want dat gaat gewoon door.

Bibi-kick

En op een dag klinken de verlossende woorden van Val: 'Mijn oma is er weer, hoor.'

Ik krijg ineens heel erg de neiging Valerie-Valentine te zoenen, gek is dat... Ik hou me in en fiets uit school met haar mee naar huis, en oma Valentine en ik knippen en naaien en kletsen alsof ons leven ervan afhangt. Ik heb dropjes meegenomen, die nu in een mooi schaaltje tussen ons in staan, en voel me helemaal gelukkig. Heeft oma Valentine ook zoiets? 'Kind, wat zitten we gezellig te werken,' zucht ze. 'Ik knap helemaal op.'

'Vind je het niet erg als ik naar de opa van Val vraag?' informeer ik. Ik wil van alles weten over haar overleden man, hoe lang hij ziek is geweest en of ze hem zelf verzorgd heeft. En ook alles over haar vroegere werk, natuurlijk.

'Vind jij het niet erg als ik naar jouw leven vraag?' informeert zij. En zij wil alles weten over school, mijn familie, en het werk van mijn pa.

'Wat een leuk beroep.'

'Het is vooral een lekker beroep. Misschien word ik later ook wel dropmaker.'

'En wat doet je moeder?'

'Die werkt in een verzorgingshuis.'

'Dat is ook mooi werk. En kun je een beetje met ze opschieten, met je ouders?'

'Ja, best wel. Soms wou ik dat ze niet zo aardig waren, dan heb ik zin in ruziemaken, maar ik heb eigenlijk nooit iets om ruzie over te maken.'

'Geld?'

'Ik geef alleen geld uit aan kleren, en als ik wat nodig heb, krijg ik dat.'

'School?'

'Ik doe meestal mijn huiswerk wel uit mezelf, daar hoeven ze nooit over te zeuren.'

'Die zesjes?'

'Het maakt ze niet zo veel uit, als ik maar gelukkig ben.'

'Alcohol?'

Ik trek mijn neus op. 'Bah, vies!'

'Jongens?'

'Ik ga nooit met jongens om.'

'Waarom niet?'

'Ze praten over van die oninteressante dingen, ze boeren waar meisjes bij zijn en maken flauwe grappen.'

Oma Valentine glimlacht. 'Dus nog even wachten met verkering...'

Ik trek mijn neus op. Val is van ons vieren de enige die al eens verkering heeft gehad, maar ja, Val is een plaatje. Ik weet niet hoe het mij zal vergaan, of er in de toekomst een jongen tegen mij zal zeggen: 'Hoe meer Bibi, hoe meer om van te houden.' Zo stel ik me dat voor als ik me overgeef aan romantische dromen. Maar of die dag in de werkelijkheid ooit komt...

Oma Valentine lijkt mijn gedachten te raden: 'Tuurlijk, jij ook! Zo'n aardig, lief meisje.'

Tijdens onze uren samen in de serre naait oma Va-

27

lentine voor haar kleinkinderen en maak ik een nieuwe top. Het in elkaar zetten gaat nu een stuk sneller.

Het leven in huis gaat ondertussen gewoon door, al heb ik dat niet zo in de gaten. Voor mij bestaat alleen die serre nog. Al schrik ik wel op als Vals pa op een dag mopperend thuiskomt dat de economische crisis zijn galerie geen goed doet. Zou mijn pa daar ook last van hebben? Zouden mensen minder drop gaan kopen als er crisis is? Een leven zonder drop?! *Ik* kan het me niet voorstellen. Zouden er hulpverleners gespecialiseerd zijn in afkicken van dropverslavingen, vraag ik me ineens af.

Dat weekend komt Melody thuis. Ik kijk nu met heel andere ogen naar die grote zus van Val, die ik vroeger stiekem uitlachte vanwege haar naam en haar nuffige neus en haar gekke kleren. Nu snap ik dat zij al een halve kunstenares is, en hang ik aan haar lippen als ze over haar opleiding vertelt. Dat wil ik later ook!

Als de top klaar is, vindt oma Valentine het tijd worden dat ik iets anders maak. We zoeken een patroon van een bloesje met een kraag en met knoopjes. Wat een priegelwerk! Het zweet staat op mijn voorhoofd als ik knoopsgaten moet maken. Ik leer de machine zo wel steeds beter kennen. Op een middag doe ik mezelf een plechtige belofte: ik ga absoluut géén geld meer uitgeven, want ik ga sparen voor een eigen naaimachine!

Na het bloesje zoeken we een patroon voor een jurkje, en weer wordt het aan mijn maten aangepast.

'Dit is ook leuk.' Oma Valentine legt een doorschijnend stofje boven op andere stof in een net iets andere kleur.

'Of dit, dit is ook leuk!' roep ik terwijl ik de stof

schuin leg. 'En een schuine onderkant dan? Waarom is altijd alles recht?'

'Probeer maar.'

'Of zal ik de mouwen ongelijk lang knippen?' Dat lijkt me wel grappig.

'Alles mag, zolang het maar bij jou past.'

'Hoe weet ik dat?' wil ik natuurlijk weten.

'Het allerbelangrijkste bij jouw maat is dat je géén strakke kleren draagt. Dan accentueer je je omvang. Draag dus bij voorkeur een lange top of trui, of laagjes over elkaar. Een v-hals is beter dan een ronde hals, dat soort dingen doen je slanker lijken. Kies kleuren die lengte geven, dus donkere kleuren of *ton sur ton*.'

'Wat is dat?'

'Kleuren die dicht bij elkaar liggen, dus twee tinten van dezelfde kleur.'

Ik heb het papieren patroon in tweeën geknipt en kies twee stoffen die wat kleur betreft dicht bij elkaar liggen uit de voorraad van huize Valerie-Valentine. 'Ton sur ton,' proef ik mijn pasgeleerde Frans.

Als het jurkje zo goed als af is, komt de gevreesde aankondiging: 'Bibi, liefje, ik moet weer een poosje naar huis.'

Ik blijf eten en als het die avond tijd is om naar huis te gaan – met het jurkje en met de belofte dat we echt verdergaan als ze er weer is – loop ik nog een keer terug naar huize Valerie-Valentine om oma Valentine een zak dropjes mee te geven voor in haar eigen huis, een cadeautje van mijn pa. 'Vraag haar maar wat ze van de smaak vindt,' zegt hij erbij. 'We willen iets nostalgisch maken.'

Ik kijk hem aan. 'Iets wat?'

'Iets wat herinneringen oproept aan vroeger.'

Ik schrik. 'Maar pa, dat kan niet! Ze moet juist niet te veel aan haar overleden man denken!' Mijn pa stelt me gerust. 'Ik bedoel het vroeger van toen ze klein was. Maar dat hoef je er niet bij te zeggen.' Als ik voor de tweede keer afscheid neem, legt ze haar handen om mijn gezicht. 'Je bent een lief kind,' zegt ze zomaar.

'Mag ik niet eens gezellig bij jou langskomen om te naaien?' vraag ik.

Oma Valentine glimlacht. 'Ik woon in Amsterdam.'

Hm, dat is wel ver weg.

'Ik kom echt terug, hoor!' belooft ze. 'Dan werken we verder.' Daarna neemt ze mijn haar tussen haar duim en vingers en wrijft eens. 'Je zou je haar eens een kleurtje moeten geven. Je hebt een prachtig gezicht dat mooi zou uitkomen als je het omlijst met een rood-gouden gloed.'

Natuurlijk ben ik blij met mijn nieuwe jurkje, maar weer thuis kruip ik met een groot stuk chocolade in een hoekje van de bank. Okki, onze dikke oranje kater, installeert zich luid ronkend op mijn schoot. Ik doe mijn best me niet boos en in de steek gelaten te voelen, maar ik voel me wél boos en in de steek gelaten. Waarom blijft ze niet wat langer?! Ik smoor mijn emoties in de smeltende chocola in mijn mond. Hm, lékker, verrúkkelijk, hééémels!

Tuurlijk weet ik dat ik mijn zin niet kan krijgen. Ik sms Thian en ze belooft morgen na school mijn haar te verven.

Ik ga met Thian mee naar huis. Haar moeder, die zoals gewoonlijk op de bank zit, komt direct overeind en haalt lekkere hapjes uit de koelkast. Ze weet dat ik dol ben op haar loempiaatjes. Als die op zijn, gaan we naar de badkamer. Thian masseert mijn hoofdhuid en smeert daarna mijn haar in met een vreemd kleurig papje.

'Je weet toch wel zeker dat het de goede kleur is, hè?' piep ik benauwd.

Ze lacht. 'Het wordt prachtig.'

Thian krijgt gelijk. Als ik die avond met mijn kastanjekleurige haren en mijn zelfgemaakte kleren voor de spiegel sta, verbaas ik mezelf. Ben ik dat? Dat leuke, hippe, goedgeklede, opvallende meisje? Nou heb ik niet echt last van minderwaardigheidsgevoelens, maar ik krijg wel een Bibi-kick! Vol trots laat ik me aan mijn ouders zien.

'Een soort make-over, dus,' zegt mijn pa als hij me ziet. 'Maar meid, je bent toch goed zoals je bent.'

'Maar nu wel een beetje beter,' zeg ik beslist.

En ook mijn ma vindt mijn nieuwe hobby erg leuk, maar kan niet nalaten te zeggen: 'Echte schoonheid zit vanbinnen, dat vergeet je toch niet hè, Bibi.'

Maar dan kan ik net zo goed ophouden met mooie kleren maken. No way! Want dat er meer gaan volgen, is zeker. Ik ben dol op mooie kleren!

Overal stippen

De herfst is begonnen en oma Valentine blijft nog een poosje weg, heb ik van Valerie gehoord. Ik baal, maar ik kan er natuurlijk niets van zeggen.

Het is zo'n dag dat je bijna omwaait door de harde wind. Ik niet, ik waai niet zo gauw om. Dat is een voordeel van mijn kilo's, maar diezelfde kilo's tegen de wind in verplaatsen kost wel wat meer tijd.

Dus kom ik te laat, al woon ik niet zo ver van school. In mijn tempo is het meestal tien minuten fietsen, maar nu doe ik er langer over. Ik ben ook nog eens te laat van huis gegaan, omdat ik een regenpak aan wilde. Een normale puber wil dat niet, maar ik ben geen normale puber. Ik houd niet van natte haren en een natte broek in de klas. Nu houden normale pubers daar volgens mij ook niet van, zo bedoel ik het dus niet, maar de meeste pubers zitten op een buiige ochtend wél met natte haren en broeken in de klas te dampen. En te stinken. Ik heb toevallig een gevoelige neus. Maar dit terzijde.

De weersvoorspellingen waren duidelijk geweest: regen, regen, en nog meer regen. Dus ik zocht die ochtend mijn regenpak. Het hing niet op de plek waar het hoort te hangen, daarom had ik tijd nodig om te zoeken, tijd die ik niet had. Zo'n ding vinden is één, er een aantrekken neemt óók kostbare seconden in beslag.

Toen ik buiten kwam, was het droog. Daar stond ik dan ingepakt bij mijn fiets. Een regenpak als het niet regent – dat kan al helemaal niet. Dat vind zelfs ik. Het uittrekken kost ook weer tijd, dus werd het nog later. En je raadt het natuurlijk al: toen ik halverwege school was, begon het tóch te regenen. Dus ik stap af en...

Nou ja, alles goed en wel, ik kom te laat. Het schoolplein is op de regenplassen na leeg. In de hal bij de kluisjes doe ik een poging mijn pak snel uit te trekken. Dat valt nog niet mee als je staat te wankelen op één voet omdat die pijp maar niet over je andere voet gaat, terwijl aan alle kanten de druppels van je af glijden zodat er onder je een plasje water ontstaat. Gênant, zeg! Maar nóg erger is het als je in je ongeduld te hard aan de broekspijp rukt en zo je evenwicht verliest. Zoals ik die ochtend. Ik trek mezelf onderuit en plof als een zandzak op de grond.

Geschrokken roep ik: 'Au!' Je evenwicht verliezen is pijnlijk. Helemaal als ineens een stel van je klasgenoten je blikveld inspringen. Met natte haren en broeken, en met lachende gezichten. 'Ha ha! Bibi, gáát het een beetje?!'

'Wauw, nog even doorrollen en je hebt een perfecte koprol!'

'Moet je met gym ook maar eens doen. Kun je eindelijk een voldoende scoren. Kun je zelf overeind komen of moeten we je helpen?'

Verward kijk ik omhoog. Ik zie Carien, Eylem, Giel en Marvin. Stomme lui, die doen wel vaker of ik debiel ben. Alsof je verstand afneemt als je vetpercentage toevallig wat hoger dan gemiddeld is uitgevallen. Nee, ze mogen me niet overeind trekken, ik ben niet gek!

Nu ik op de grond zit, kan ik met één ruk mijn voet uit de regenbroek bevrijden. Snel krabbel ik overeind. Dan voel ik met mijn hand op mijn kont, die nat is door het water op de grond. Gatver, ook dat nog!

'Hebben we geen les?' vraag ik aan mijn favoriete-klasgenoten-maar-niet-heus.

'Nederlands kwam niet opdagen.'

Stik! Voor niets gehaast, dus. Sommige klasgenoten checken echt elke ochtend of er lessen uitvallen. Ik niet dus. Ik kijk om me heen of ik mijn vriendinnen ook zie. Maar als zij het hadden geweten, hadden ze me wel ge-sms't. Ze zullen wel al met een warme kop thee in hun koude handen in de kantine zitten.

'Nou, in ieder geval bedankt voor jullie hartelijke ontvangst.'

'Graag gedaan.' Giechelend loopt het viertal weg.

Ze hebben niks over mijn haar gezegd, schiet door me heen. Ach, ik wíl helemaal geen complimenten van hen. Ik laat mijn pak uitdruppen en mijn blik glijdt langs de supergrote broek met die wijde broekspijpen die toch niet gemakkelijk uitgaan door het elastiek aan de onderkant en de stompzinnige, supersaaie jas. Daarna prop ik het natte pak in mijn kluisje en mompel binnensmonds dat het toch anders moet kunnen. Alsof ik mezelf wil verrassen, zie ik een heel ander pak voor me. Felgekleurd met vrolijke stippen en met overal lange ritsen zodat je er gemakkelijk uit kunt stappen. Zipp, zipp en uit is je natte pak. Dat zou handig zijn!

Ik blijf even staan, en in mijn hoofd probeer ik te bedenken of je zoiets zelf kunt maken. Ik heb nog geen broek leren naaien. Zou zulke stof bestaan? En van die lange ritsen? Ik heb geen idee.

Peinzend loop ik de kantine in, en pas na een paar stappen kijk ik zoekend om me heen. Mijn vriendinnen zwaaien, en als ik naar ze toe loop, denk ik nog aan dat vrolijke, afritsbare regenpak. Ik plof op een stoel, die een moment protesteert tegen mijn gewicht, en vraag Yfke: 'Kun jij dat tekenen?'

'Wat?' zegt ze terwijl ze haar potlood en tekenblokje al tevoorschijn haalt. Maar dan stokken haar bewegingen. 'Móói!' roept ze uit.

Val knikt heftig. 'Heel mooi!' is ook haar conclusie.

Tevreden haal ik mijn hand door mijn haar.

'Wat moest ik tekenen?' vraagt Yfke.

Ik vertel haar over mijn ritsen-idee en zij tovert een vrolijk regenpak met overal stippen op papier. Daarna vist ze een doos met kleurpotloden uit haar tas. Als de bel voor het tweede lesuur gaat, hebben we samen drie verschillende uitvoeringen bedacht en ingekleurd. Thian en Val zouden er zó een kopen als ze te koop waren, zeggen ze. Hun broekspijpen en mijn zitvlak zijn nog niet droog als we met z'n vieren naar wiskunde lopen.

De klas is druk en giechelig. Natuurlijk, het stormt buiten. Of heeft dat met mij te maken? Er wordt iets verteld. Er wordt gekeken. En gelachen. Het woord 'koprol' rolt door de klas. Val spreekt Carien en Eylem er in de pauze op aan.

'Moet kunnen toch, maak je niet dik,' zeggen de meiden. En ze lachen opnieuw.

We staren hen alle vier strak aan.

'Vind je?' zegt Yfke fel. 'Ik zal het onthouden.'

'Kom op, het is geen gezicht, dat regenpak,' zegt Carien dan. 'Dat vindt iedereen.'

'Nou en? Moet zij toch weten!' zegt Val pinnig.

Dat is lief van Val, maar ik kan wel voor mezelf opkomen. 'Wat iedereen vindt, hoef ik nog niet te vinden,' zeg ik. 'Ik ben niet zo'n schaap, zie je.'

Carien reageert met een pittig: 'Nee, eerder een varken. Je kunt er wel lekker je kilo's in kwijt, in zo'n pak, ha ha!' Er verschijnt een triomfantelijke grijns op haar gezicht. Carien is een mooie meid, al is ze aan de magere kant (vind ik dan). Ze ziet er altijd prachtig uit, dat moet gezegd. Ze is zo'n beetje het modepopje van de klas. Ik zóú jaloers op haar kunnen zijn, maar met zo'n karakter...

'Kleedt zo lekker af,' grinnikt Eylem, die ook al zo aardig is.

Val trekt mij mee. 'Kom, we gaan weg uit dit kippenhok.'

Thian slaat haar arm om mij heen.

Giel en Marvin, die op afstand deze discussie gevolgd hebben, kraaien ons na: 'Kuuu-kukele-kuuu.'

Je begrijpt dat in onze klas, zoals in iedere klas eigenlijk, niet iedereen elkaar ligt. En sommigen moeten dat ook steeds uiten. Ik ben wel vaker de pineut. Je kunt je vast wel voorstellen dat dat niet leuk is (zacht uitgedrukt). Maar gelukkig hebben olifanten een dikke huid!

Voor vandaag hebben ze nog niet genoeg lol gehad, Carien en Eylem. We hebben verzorging, een vak waar je leert goed te zorgen voor jezelf en voor anderen. Je hebt het dan over groepsdruk, hygiëne, alcohol, infectieziekten en andere puberproblemen, maar er is één hoofdstuk dat mijn speciale belangstelling heeft: waarop moet je letten bij het samenstellen van een maaltijd? En net daarover gaan we het vandaag hebben. In kleine groepen, door de lerares samengesteld, moeten we een aantal opdrachten maken.

In het lesboek staan foto's. Dan treedt een automatisme in werking waar ik niets aan kan doen: er wordt extra speeksel aangemaakt in mijn mond. Dus terwijl ik mijn vingers aflik bij het zien van de foto's, valt Carien opnieuw aan: 'Niet te veel naar eten kijken, Bibi! Je bent al dik genoeg.'

'Ik, dik?' vraag ik zo nonchalant mogelijk.

'Ja, jij. Wou je beweren dat je slank was?'

'Heb je er problemen mee?' zeg ik dan. 'Ik zit gewoon goed in mijn vlees.'

'Te goed, zul je bedoelen. Véél te goed.' Carien blaast haar wangen op en kijkt om zich heen om bijval te zoeken bij de rest van de groep. Als er wordt geknikt en gelachen, gaat ze door: 'Jij hebt gewoon echt te veel vet... Je eet te veel, je snoept te veel. Moet je nou zien hoe je naar dat boek zit te kijken!'

Nu durven de anderen ook. 'Als je het boek kon opeten, zou je het nog doen ook!'

'Hé bolle, misschien moet je toch maar eens gaan lijnen...'

Iedereen denkt dat hij je zomaar respectloos mag behandelen en alles mag zeggen. Mooi niet! Ze kijkt me aan, Carien, triomfantelijk dat ze de groep mee heeft gekregen, maar ze kunnen me echt niet raken. Vanwege mijn dikke huid.

Toch wil ik dit niet op me laten zitten. Zo luid mogelijk zeg ik: 'Ja hallo, moet je tegenwoordig mager zijn om niet dik gevonden te worden? Het is heel gezond om wat vlees op je botten te hebben, hoor!'

Posthuma, de lerares verzorging, komt naar ons toe. Ze heeft een verwijtende blik in haar ogen. We zijn duidelijk niet met de opdracht bezig.

'Mevrouw, het is toch helemaal niet gezond als je overgewicht hebt?' probeert Carien haar gelijk te halen.

Posthuma verheft haar stem. 'Mag ik even de aandacht van iedereen?! Ik heb een vraag waar ik op in wil gaan, nu dit onderwerp me op een presenteerblaadje wordt aangedragen.'

Hm, ik zie liever andere dingen voorbij komen op dat presenteerblaadje... Maar goed, Posthuma leert ons iets over gezondheid, calorieën en kilo's, maar ze zegt óók dat overgewicht erfelijk kan zijn. En dat iemand het er best eens moeilijk mee zou kunnen hebben, en of iedereen daar rekening mee wil houden.

Ik protesteer. 'Ik héb het er helemaal niet moeilijk mee.'

Maar over die opmerking over genen ben ik wel tevreden. Een hele les over eten maakt me hongerig. Gelukkig weet ik dat wij vanavond bami met saté eten, ik heb er nu al zin in!

Helemaal bloot

In de tijd dat de oma van Valerie in haar eigen huis is, werk ik zo veel mogelijk vooruit voor school. Als ze dan straks komt, heb ik alle tijd om te naaien. Dat lijkt me handig. Ik leer me suf en mijn ouders steken bezorgd hun hoofd om de deur van mijn kamer.

'Werk jij niet een beetje te hard?' vraagt mijn pa.

'Kom beneden! Lekker tv-kijken!'

'Je moet ook uitrusten, hoor!' gebiedt mijn ma. 'Even iets anders doen.'

'Kind, je ziet helemaal bleek.' Mijn pa weer. 'Heb je het zó druk?'

'Waar heeft zij last van? Dat is toch niet normaal?' hoor ik ze tegen elkaar zeggen.

Mijn ma komt wat lekkers brengen. Een bordje met druiven, tomaatjes, plakjes worst en een stuk kaas. Heerlijk, daarop kan ik weer nieuwe sommen maken!

Ondertussen laat het regenpak me niet los, ondanks het prachtig zonnige oktoberweer. De tekeningen van Yfke heb ik boven mijn bed gehangen, en elke avond voor ik ga slapen kijk ik ernaar, maar ik moet wachten tot oma Valentine weer behoefte heeft aan het gezelschap van haar familie.

Wát als ze besluit dat ze er nu wel tegen kan om alleen te zijn? Ik raak een beetje gestrest bij het idee dat ze wel eens níét terug zou kunnen komen. Zou ik dan bij haar op bezoek mogen?

Ik bedenk wat ik al zelfstandig zou kunnen doen. Een bloes maken. In ieder geval kan ik niet zomaar een patroon tekenen, en een broek naaien moet ik ook nog leren. En zonder naaimachine gaat het al helemaal niet. Heeft ze nou wel of niet beloofd terug te komen? Ik kan me eigenlijk niet zo goed herinneren wat ze heeft gezegd bij ons afscheid.

Maar ineens is oma Valentine er weer. Val heeft me ge-sms't en ik ren naar haar huis. Buiten adem leg ik haar mijn tekeningen voor, maar dan kucht Vals moeder.

'Lieve help, kind, mijn moeder is nog maar net binnen. Je kunt haar op zijn minst vragen of je misschien morgen haar hulp kunt krijgen.'

Oma Valentine legt haar arm om mijn schouder. 'Je bent zo enthousiast, dat vind ik leuk! Maar ik zit nu koffie te drinken. Morgen heb ik tijd voor je, kom na school maar weer langs.'

Dat is niet tegen dovemansoren gezegd. Met mijn tekeningen sta ik de volgende middag in de serre. 'Kan ik dit maken?'

'O, wat leuk! Wie heeft dat getekend?'

'Yfke. En kijk die ritsen. Is dat niet handig?'

Val staat erbij en we glunderen allebei als oma Valentine zegt: 'Prachtig, zo'n regenpak wil ik ook wel!'

'Echt?' Ik kijk haar aan om te zien hoe serieus ze is. 'Kun jij daar een patroon van tekenen, en is er zulke stof te koop?' Ik hoor zelf dat ik enorm ratel als ik het rijtje vragen stel. Ontwerp? Patroon? Stof? Rits? Naaien?

Oma Valentine luistert en knikt. 'Ik denk dat ik wel weet waar we moeten zoeken...' Ze kijkt van Val naar mij en van mij naar Val en ik houd mijn hart vast. Nu komt er een 'maar', dat hoor ik aan de manier waarop de zin is geëindigd.

'Maar,' gaat ze verder, 'dan moeten jullie in de herfstvakantie bij mij komen logeren.'

Val juicht bijna nog harder dan ik. Ze stoot mij aan.

'Weet je wel waar ze woont?'

Ik knik. Ja, in Amsterdam, leuk!

'Mooi, afgesproken,' zegt oma Valentine. Misschien denkt ze nu wel: weer een week niet alleen. Dan gaat Val op msn en wij installeren ons weer in de serre.

'Wat vond je van de dropjes?' wil ik weten.

'Goddelijk! Ze smaakten naar... Tja, ik weet niet, ik heb nooit eerder zulke lekkere geproefd.'

'Smaakten ze naar vroeger?' vraag ik hoopvol.

Ze kijkt me aan. 'Ja, inderdaad, een beetje naar vroeger.'

'Dat is...' Ik probeer me te herinneren wat mijn pa over de smaak heeft gezegd. 'Anijs?'

'Inderdaad,' knikt oma Valentine. 'Het is anijs met...'

'Anijs met nostalgie. Het wordt misschien wel een nieuwe smaak van mijn pa.'

'Zeg maar dat ze die in productie moeten nemen. Ik bestel vast een paar zakjes.'

Dan concentreren we ons op het naaiwerk. Ik begin aan een broek, een simpel model, maar toch.

Een paar dagen voor de herfstvakantie vertrekt oma Valentine naar Amsterdam. Deze keer heb ik er geen moeite mee: over een paar dagen komen Val en ik ook.

'Mogen Yfke en Thian ook komen?' heeft Val gevraagd.

Oma Valentine keek wel een beetje bedenkelijk. Ik ook trouwens. 'Ik wil wel een regenpak naaien, hoor!'

Dus gaan wij eerst samen, en komen Yfke en Thian de laatste twee dagen, zo hebben we het afgesproken. Ze moeten dan op een luchtbed in de kamer slapen. Het liefst vertrok ik direct naar Amsterdam, maar ik ben jarig, en mijn moeder bakt altijd zelf taarten, en dat laat ze zich niet afpakken (stel je voor, en ik ook niet). Het hele weekend is er bezoek en met iedereen eet ik een stuk taart mee, wat heus geen straf is, maar ik verheug me wel op het moment van vertrek. Het verjaardagsgeld dat ik krijg is al bijna genoeg voor een naaimachine!

Val en ik gaan samen met de trein. Op Amsterdam Centraal nemen we de tram. Val heeft het eerder gedaan, die weet precies welke we moeten hebben en waar we uit moeten stappen. Oma Valentine woont in een bovenwoning aan een van de grachten. Verrukt sta ik even later voor het raam naar de drukte beneden ons te kijken. En alle winkelstraten zijn vlakbij! Maar daar kom ik niet voor. Nou ja, ook wel een beetje, maar dat stellen we uit totdat Thian en Yfke er zijn.

De volgende dag gaan we met zijn drieën naar de Albert Cuyp, waar heel veel winkeltjes en allemaal kraampjes zijn. De hele dag lopen we er rond, kijken we en kopen we. In een van de kraampjes vinden we stof voor een regenpak. Ik kan kiezen uit rood, blauw, geel, strepen, bloemen, maar gelukkig ook stippen. We komen ook in een winkel waar alle wanden van onder tot boven vol liggen met rollen stof. Ik kijk met open mond naar de mooiste stoffen, je kunt het niet verzinnen zo veel en zo mooi. Ik vraag Val en oma Valentine hoeveel geduld ze hebben. Hier wil ik de tijd voor nemen.

Val lacht me uit. 'Je wordt al net zo gek als Melody. Je kwijlt bijna.' En ze gaat zolang een andere winkel in.

Oma Valentine helpt me. Ze geeft aan waarvoor de stofjes die ik uitkies geschikt zijn en rekent uit hoeveel ik mee moet nemen zodat ik er later iets van kan maken. Ik geef bijna al mijn verjaardagsgeld uit.

'En je naaimachine dan?' vraagt Val als ze zich weer bij ons voegt en vol verbazing naar de hoeveelheid stof kijkt die ik afreken.

'Dat komt nog wel,' zeg ik vaag. Ik weet zeker dat ik spijt krijg als ik deze stoffen niet koop.

Val haalt haar schouders op. Met onze buit gaan we naar het grachtenhuis. Ik begin direct met het patroon dat oma Valentine heeft gemaakt van Yfkes tekening van het regenpak.

Val vermaakt zich met dvd's en de verzameling stripboeken van haar overleden opa. 'Gelukkig heb ik ze nog niet weggedaan,' zegt oma Valentine.

Het regent, dus Val blijft in de grote stoel liggen lezen, maar de volgende dag klaart het op en is ze toe aan wat anders. Ik wil niet mee, ik voel me zó als een walvis in het water in die achterkamer die is veranderd in een naaiatelier. En dat zeg ik niet alleen vanwege de hoeveelheid lappen en rolletjes garen die overal liggen, oma Valentine heeft een heuse paspop die ons vanuit haar hoekje in de gaten houdt.

'Hè, kom op,' moppert Val. 'Nou ben je in Amsterdam en dan ga je toch niet de hele dag binnen zitten!'

Ik dus wel. Oma Valentine heeft heel veel modetijdschriften en patronen, en die wil ik ook nog allemaal bekijken. Ik weet het, Val vindt mij saai. Ik voel me schuldig als ze in haar eentje vertrekt, maar ik kan het gewoon niet opbrengen sociaal te zijn. Ik weet niet wat mij overkomt, Bibi wordt gewoon een ikzuchtig monster.

Gelukkig voor Val komen Thian en Yfke al gauw. Als zij uit de tram komen, is mijn regenpak klaar. Ook heb ik nog een rok gemaakt. Zodra zij uitverteld zijn over hun reis hiernaartoe show ik mijn waterbestendige, afritsbare kleurenpak en zij gillen: 'Whaaah! Móóóói! Goed man!' Yfke, die helemaal beduusd is omdat háár tekening werkelijkheid is geworden, maakt van alle kanten foto's van mij. Die gaan we thuis allebei op onze Hyves-pagina zetten, spreken we af.

We vertrekken naar Madame Tussauds. Ja, ik ga mee. We moeten drie kwartier in de rij staan, maar dan zijn we binnen. We lopen van de ene beroemdheid naar de andere en slaan onze armen nét niet (maar wel bijna!) om Justin Bieber, koningin Beatrix en Lady Gaga. Val doet net of ze Barack Obama kust, maar ik luchtzoen liever Captain Jack Sparrow. Thian hangt samen met Spiderman uit het raam en Yfke blijkt ineens fan te zijn van Rafael van der Vaart.

De volgende dag gaan we shoppen. Met mijn jas al aan, zeg ik ineens: 'Ik ga maar niet mee, geloof ik.'

Hoor mij, dat zegt Bibi die vroeger altijd in was voor gezellige dingen!

'Huh?' zeggen mijn vriendinnen dan ook helemaal terecht terwijl ze zich alle drie naar mij omdraaien.

'Ik heb niet zo veel geld meer,' leg ik uit. 'Wat ik over heb, wil ik bewaren voor een naaimachine. Als ik met

jullie meega, koop ik toch weer allemaal dingen.'
'Maar dat is ongezellig!'
Vertel mij wat! Maar een hobby kost geld, dus ik haal mijn schouders op. 'Jullie blijven met z'n drieën over, toch? Ik verveel me echt niet.'
Ze proberen me over te halen toch mee te gaan, en oma Valentine komt met de oplossing: 'Laat je portemonnee thuis, dan kún je geen geld uitgeven!'
Ik kijk mijn vriendinnen aan. 'Dan moeten jullie beloven dat je niet toegeeft als ik ga vragen om iets te lenen!'
Met die plechtige belofte vertrekken we naar de Kalverstraat. Natuurlijk zie ik een prachtige tas die ik toch echt moet hebben. Ze weigeren me voor te schieten.
'Kom op nou,' zeg ik, 'zulke tassen hebben ze bij ons niet en hij is helemaal niet duur.'
Het komt uit drie monden: 'Nee, Bibi! We hebben het beloofd.'
Ik heb het dik voor mekaar met zulke vriendinnen.
Mijn vriendinnen lopen dan al met verschillende plastic tasjes, en ik loop ondanks mezelf een beetje achter hen aan te mokken. Shoppen zonder portemonnee is helemaal niet leuk! Ik denk net aan naaimachines om mezelf wat op te vrolijken als ik toevallig een blik opzij werp in een straatje dat achter een paar winkels loopt. Ik sta stil en knipper met mijn ogen, maar ik zie het toch echt goed: daar ligt een etalagepop op straat, alleen en verlaten, bloot en wel, met maar één arm.
'Hé meiden, kijk eens!' roep ik.
Ze keren om en komen teruggelopen. Ik wijs. 'Die hebben ze verloren!'

Intussen heb ik de situatie goed in me opgenomen. Aan de achterkant van de winkels gebeurt de bevoorrading, maar nu is het er helemaal verlaten. De straat loopt verderop dood, en alle deuren zijn dicht. Ik weet natuurlijk dat etalagepoppen regelmatig opnieuw worden aangekleed, en ooit zullen ze ook wel nieuwe poppen nodig hebben en de oude wegdoen, maar een etalagepop verlies je toch niet zomaar?! Ik bedenk me geen seconde. Daar ligt mijn paspop!

'Gil maar als er iemand aankomt!' geef ik mijn vriendinnen als opdracht en ik loop snel de straat in, kijk om me heen – alles nog net zo stil en verlaten als een paar seconden eerder – en til de pop op. Die is zwaarder dan ik had gedacht. Ik sla mijn arm om haar middel en til haar tegen mijn heup, en met de pop als een grote rol onder mijn arm loop ik terug.

'Kom!' zeg ik.

'Dat mag toch helemaal niet!' protesteert Thian, maar Yfke en Val grinniken. Ik loop voorop de drukke winkelstraat weer in, met drie gierende meiden achter me aan.

'Kijk nou, die billen!' lachen ze. 'Het is geen gezicht!'

Ik moet haar op een gegeven moment even neerzetten omdat de pop steeds zwaarder wordt en ik haar met mijn andere arm wil tillen.

'Ze steekt boven je uit,' proest Yfke die de pop bij haar voeten pakt. Zo lopen we het laatste stukje.

Oma Valentine vindt haar een snoesje. Ik wil haar naast de echte paspop zetten, maar ze kan niet op haar voeten staan, ze moet in een stander of op een sokkeltje of zoiets. Daarom leg ik haar maar neer.

De volgende dag hebben we nog meer lol met haar.

Helemaal bloot gaat ze mee naar huis, we tillen haar de tram in en zetten haar naast ons in het gangpad, de verbaasde blikken van andere reizigers trotserend. 'Heeft ze het niet koud?' vraagt een man. 'Hadden jullie haar niet wat aan kunnen trekken?' zegt een oude dame en een jongen merkt op: 'Lekker chickie, die vriendin van jullie. Kan ze ook praten?' Zo heeft iedereen wel wat op te merken.

Ook in de trein krijgen we commentaar. Onze Leila, zoals we haar inmiddels zijn gaan noemen, 'zit' recht als een plank op de bank naast ons, en de conducteur grapt dat hij een kaartje wil zien.

Het is nog even een gedoe om haar de auto in te krijgen. Mijn pa komt ons ophalen, en ze moet via de achterklep over onze schouders naar binnen geschoven worden. Yfke, die voorin zit, steunt met haar schouder Leila's blote benen.

Leila krijgt een plekje in de hoek van mijn kamer. Mijn pa belooft een standaard te maken waardoor ze zelfstandig rechtop kan staan. Al is ze zo mager als een anorexia-model en kan ik haar dus niet als paspop gebruiken, ik vind haar echt een aanwinst!

Zipp Zapp

De lappen stof die ik in Amsterdam heb gekocht, laat ik elke dag door mijn handen glijden en ik heb nu al zin er iets van te maken. Ik drapeer ze om de schouders van Leila, en zie al voor me hoe mooi de kleren zullen zijn die ik ervan ga naaien. Maar een naaimachine heb ik nog niet. Ik ga naar mijn ouders.

'En je verjaardagsgeld dan?' vragen ze verbaasd.

'Dat is bijna op. Ik heb stof gekocht.'

'Dus nu heb je wel stof, maar geen machine.'

'Anders had ik wel een machine, maar geen stof,' is mijn antwoord. Dat is toch waar? Zeg nou zelf, dan kon ik nog niet aan het werk.

Hoewel mijn ouders me vaak mijn zin geven als ik iets wil hebben, een naaimachine kopen ze niet zomaar voor me. 'Zoek maar een baantje,' zeggen ze.

Prompt zie ik de poster voor me waar mijn blik op viel toen ik in de stad was. Ik liep langs de McDonalds en natuurlijk werd mijn blik daar naartoe getrokken. Er hing een papier met 'Parttime medewerker gezocht' op de ruit.

Dat lijkt me een prima baantje voor mij. Ik spring direct op mijn fiets (knap hè, met mijn gewicht) en ga naar binnen. Ook hier hangt de poster en ik lees hem voor het eerst helemaal. Ben ik stressbestendig en klantgericht? Geen flauw idee.

'Zeg het maar,' zegt een erg dun meisje van een jaar of achttien. Ik kijk naar haar smalle polsen en begin te vermoeden dat ik te jong en misschien ook wel te dik ben voor dit werk. Ik recht mijn schouders en zeg tegen haar terwijl ik naar de poster wijs: 'Ik kom voor de baan.'

Haar blik glijdt over mijn figuur en dan antwoordt ze: 'Ik zal even iemand roepen.'

Een man van een jaar of dertig, die ook al zo mager is, komt aangelopen. Werken hier alleen maar dunne mensen om aan te tonen dat het eten niet dik maakt? Is een volslank iemand niet juist het levende bewijs dat het eten hier heel erg lekker is?

De dunne man loopt om de balie heen en kijkt ook eerst naar mijn figuur voor hij zijn mond opendoet. 'Jij wilt hier werken? Hoe oud ben je? Helaas, we zoeken iemand van boven de zestien.'

Zo loop ik weer naar buiten met het prettige idee dat alleen mijn leeftijd verkeerd was.

Goed, ik laat me dus niet zomaar uit het veld slaan. Wat nu? Wat voor werk zou ik eigenlijk willen? Mijn voorkeur gaat uit naar iets lekkers verkopen. Dus vraag ik bij de ijssalon, bij de bakker en bij de brood- en gebakafdeling van de Hema of er werk is. Als ik ook bij de groenteman 'Nee, helaas,' te horen krijg, richt ik mijn aandacht op de boetieks. Een van de vrouwen die mij te woord staat, waagt het om op te merken dat hun verkoopsters een representatief uiterlijk moeten hebben.

'Heb ik dat niet?' vraag ik onschuldig. 'Ik zie er in tegenstelling tot veel andere jongeren toch verzorgd uit? Keurig geknipt en opgemaakt, geen vieze vlekken op mijn kleren...'

Yes, ze wordt rood in haar gezicht!

'Misschien ben ik wel een vet goede werknemer,' zeg ik. 'Stressbestendigheid en klantgerichtheid heeft niets met gewicht te maken. Maar als u geen gebruik wilt maken van mijn diensten...' En ik draai haar mijn rug toe.

Bij één winkel mag ik mijn telefoonnummer achterlaten, maar ik zie gewoon aan het gezicht van de vrouw dat ze nooit zal bellen. Ik blaas mijn wangen op. Ik *wil* niet eens verkoopster worden als ze beginnen te discrimineren vanaf maat 42.

Misschien is dit niet de goede manier. Ik ga naar huis, start de computer op en google naar scholierenwerk. Daar zijn meer mogelijkheden. Per direct gevraagd: aanpakkers die willen inpakken. Wat moet je inpakken? Vleesproducten. Hm, dan pak ik liever drop in.

Ik zoek nog even door: pizzakoeriers gezocht. Niks voor mij. Een folderwijk, ik word er nú al moe van. Een administratief baantje dan. Saai. Ben ik nou lui of kritisch? Er zit gewoon niets bij waar ik mijn geld mee wil verdienen. Ik vraag aan het einde van die middag of er op het werk van mijn pa niet iemand nodig is voor een paar uurtjes.

'Dat wordt de inpakafdeling, hè?' zegt hij. 'Ik zal eens informeren.'

Ik kan ondertussen niet wachten tot het 's ochtends een keer regent. Dan kan ik mijn hippe, kleurige regenpak aan! Ik heb de foto's ervan al op Hyves gezet en krijg respect en enthousiaste krabbels. Ze vragen waar ik dat pak heb gekocht. Ik voel me supertrots.

In de herfst hoef je nooit heel lang te wachten op een natte ochtend. Dolgelukkig fiets ik door de regen naar school.

Ja hoor, al op het schoolplein begint het geroep: 'O, Bibi, wat heb jij een te gek pak aan!'

En als ik hem bij de kluisjes moeiteloos uittrek, klinkt het: 'Wauw, te gek! Waar heb je die vandaan?!'

Ze geloven bijna niet dat ik het zelf heb gemaakt. Ik show een paar keer hoe het werkt. Het wordt doorverteld, en in de kleine pauze moet ik mijn regenpak opnieuw demonstreren. Ik doe mijn best het pak zo elegant mogelijk aan en uit te doen.

Val geeft ondertussen commentaar. 'Ja, mensen, buiten plenst het en wie heeft er zin om een nat pak te halen? En met die ouderwetse regenpakken willen wij niet gezien worden! Je gaat niet vrijwillig voor aap lopen. Eh... fietsen bedoel ik natuurlijk. Maar met het Zipp Zapp regenpak van Bibi is dat definitief verleden tijd! De regen fleurt er helemaal van op! En met die doorzichtige capuchon zie je dus gewoon alle verkeersdeelnemers om je heen, dus veilig is ie ook nog eens. En eenmaal binnen... Zipp... Zapp... Zien jullie dat? Je stapt er zomaar uit en kurkdroog loop je naar je lokaal.'

Ik rits ondertussen de zijkanten van mijn regenbroek open en stap uit de broek die nu uit twee losse delen bestaat. Handig hè?! En misschien waggel ik ondertussen wel als een dikke gans, maar de mensen om ons heen maken ruimte, terwijl ze lachen en klappen.

'Ook mooi!' zegt iemand die op mijn kleren wijst. Val heeft dat zeker gehoord, want ze gaat vervolgens uitleg geven bij de combi die ik draag. Model, kleur, hoe het afkleedt, ze maakt er een prachtig verhaal van en ik loop nog maar een stukje heen en weer. Het voelt prettig, al die blikken die op mij gericht zijn zonder dat er iets over mijn omvang gezegd wordt. We buigen beiden voor het applaus dat we krijgen.

Alleen als de groep uit elkaar valt op het moment dat de bel gaat, staat Carien voor me met een spottende blik in haar ogen.

'Géén gezicht, zo'n maat voor een "model"!' Haar vingers maken de begeleidende aanhalingstekens. 'Dat moet je echt niet doen, hoor, als je zo dik bent. Daar is een spreekwoord over,' gaat ze verder. 'Ach toe, help me even, hoe was het ook weer... Iets met een aap en een ring...'

Stomme Carien met haar dure merkkleren! 'Ik sta liever voor aap met mijn kilo's dan dat ik voor aap sta met mijn nare karakter,' bijt ik haar toe. Snel loop ik bij haar weg, mijn vriendinnen achterna.

Baantje

'Pap?'

We zitten die avond aan tafel en ik schep aardappels op mijn bord, naast de verse worst en de rode kool met appeltjes. 'Heb je al geïnformeerd naar een baantje voor mij?'

Mijn pa legt zijn mes op de rand van zijn bord en kijkt me aan. 'Voor het inpakken op de dropfabriek moet je minimaal zestien zijn.'

'Je mag ook niks als je vijftien bent,' mopper ik en ik giet jus over de aardappels. Babysitten, schoonmaken, een krantenwijk, ik zie dat allemaal niet zitten, ik ben er niet geschikt voor.

'Je kunt wel wat voor mij doen,' zegt mijn ma ineens. 'Er ligt een hele stapel kleren van Bink met gaten en scheuren erin. Die jongen kan niet zonder kleerscheuren buitenspelen. Als jij dat nou voor mij repareert, betaal ik je ervoor.'

'Maar daar heb ik wel een naaimachine voor nodig,' zeg ik bijdehand.

Mijn ma kijkt me aan en ondertussen prik ik een flink stuk worst aan mijn vork. Het duurt even, maar dan zegt ze: 'Hm, ik heb geen naaimachine.'

'Nou,' zeg ik met volle mond, 'dan gaat het niet door.'

Weer kijkt mijn ma me zo aan. 'Ik zal erover nadenken.'

Nadenken... Kleerscheuren. Eigen naaimachine. In mijn hoofd gaat een belletje rinkelen. Hoeveel mensen hebben kinderen met kleren met gaten en scheuren? Wat doen ze daarmee? Was het niet crisis? Zijn mensen dan niet verplicht zuinig? Nieuw is duur. En tegenwoordig heeft iedereen minder geld, dat hoor je overal. Ik snak naar adem. Zit dáár geld in?

Ik besluit onderzoek te doen. De volgende dag na school bel ik bij de buurvrouw aan.

'Ha Bibi! Kom er even in.'

Dat moet ik ervoor overhebben: een kopje thee met een chocoladekoekje.

'Ik wil wat vragen,' kom ik al snel ter zake. 'Hebben jouw kinderen wel eens kleren die kapot zijn, een gat, een scheur, slijtplekken?'

'Natuurlijk, je kent die ravottende kinderen van mij toch?' zegt de buurvrouw getergd. 'Niets blijft heel! Ik koop me helemaal arm aan nieuwe kleren.'

Kijk, dat is nou een mooie voorzet. 'En kunnen die kleren niet gemaakt worden?'

'Dat is onbegonnen werk! Je vult het ene gat met het andere!' Nu bindt ze in. 'Nee, dat is niet waar. Ik heb er geen zin in, en trouwens, ik heb wel wat beters te doen.'

'En als *ik* dat nou voor jou zou doen?'

Ongelovig kijkt ze me aan, terwijl ze de koekjesschaal nog eens mijn richting opschuift.

'Tegen betaling uiteraard,' zeg ik snel. En ik leg uit dat ik geld wil verdienen en nu onderzoek of er werk voor me is.

Ze vindt het eigenlijk wel een goed idee: 'Dat is altijd goedkoper dan nieuwe kleren!'

Na een middag en avond theedrinken met buurvrouwen die kinderen hebben (met koekjes en chocolaatjes erbij) weet ik dat er werk genoeg is, en – het allerbelangrijkste – dat ze ervoor willen betalen. Dan moet ik mijn ouders nog zover krijgen dat ze in mijn baantje willen investeren. Ik vraag ze om een lening, die mijn moeder onmiddellijk toezegt.

'Eigenbelang zeker?' vraag ik.

Het kopen van een naaimachine stel ik nog even uit. Ik wil oma Valentine mee vragen, want zelf zou ik zomaar een enorme miskoop kunnen doen. In de tijd die ik op haar terugkomst wacht, maak ik weer zo veel mogelijk huiswerk vooruit, inclusief een leesverslag en een werkstuk voor geschiedenis. Ook maak ik samen met Yfke flyers om uit te delen en op te hangen bij de supermarkt. We laten een proef aan Thian en Val zien.

Yfke heeft een grappige naaimachine getekend en daaroverheen is de tekst geprint: 'Gaten en scheuren in de kleren van uw kinderen? Vakkundig gerepareerd door B.B. Service. Binnen een week thuisbezorgd!'

B.B. staat voor Bibi's Broeken Service en natuurlijk staat mijn 06-nummer erop.

'Geinig,' zegt Val.

'Goeie naam,' zegt Thian. 'Dat B.B. wordt natuurlijk op z'n Engels gelezen, en dan staat ineens jouw naam er, Bibi.'

Je snapt dat ik deze keer wel héél ongeduldig ben. Maar dan is oma Valentine er weer. Samen kijken we op Marktplaats en op haar advies bel ik iemand in de provincie en samen gaan we eropaf. Haar kritische blik glijdt langs de machine en ik wacht haar oordeel af.

Dan knikt oma Valentine: 'Een mooi beginnersma-chientje, sterk en degelijk.'

Mijn hart maakt een sprongetje. We komen tot een goede prijs, en met de machine in mijn armen verlaten we het huis. Yes!

Voldaan luister ik die avond naar zijn geratel, dat in mijn oren klinkt als de mooiste muziek! De koning te rijk ben ik met mijn machine, en toch vertrek ik de volgende middag na school met de kleren van Bink naar huize Valerie-Valentine. De periode dat zij bij Val en haar ouders logeert, leert oma Valentine mij hoe ik kleren kan herstellen.

En zo verdien ik mijn eerste geld! Ik heb mijn bureautje gesloopt en vervangen door een oude tafel, die veel groter is en waar ik ook mijn huiswerk aan kan maken. Daar staat nu mijn naaimachine. Als oma Valentine terug is naar Amsterdam, kan ik gewoon doorwerken. Ik haal kapotte kleren op bij mijn buurvrouwen en zij zijn tevreden met de reparaties en ze vinden dat ik netjes werk. Nu durf ik de flyer die Yfke heeft gemaakt ook huis aan huis te verspreiden. Al een dag later staat er iemand op de voicemail. Ik bel terug en beloof rond etenstijd het herstelgoed op te halen. Ik heb die eerste tijd toch zeker elke paar dagen een nieuwe opdracht!

Mijn dagen zien er nu als volgt uit: naar school, een kopje thee drinken met een boterham en een paar koekjes erbij, dan snel mijn huiswerk maken en vervolgens schuif ik dat alles aan de kant en ga ik naaien, wat alleen wordt onderbroken voor het avondeten (daar laat ik alles voor staan). Onze kat Okki houdt me vaak gezelschap, hij vindt het heerlijk, al die lappen stof om op te slapen. Voor ik naar bed ga, eet ik nog een bakje karamelvla of een handvol chocoladekruidnoten. De volgende dag en die erna zien er precies zo uit. Ik zit bijna niet meer op msn, en ik mis afleveringen van de soaps die ik volgde, ik heb amper tijd voor mijn vriendinnen.

Maar ik ben niet alleen met scheuren en gaten en kinderkleding bezig. Van de lappen stof uit Amsterdam maak ik een nieuwe top. Als die af is, wil ik aan een jasje beginnen. Voor het eerst knip ik zelf een patroon uit en speld ik dat op de stof.

Spannend! Avonden ben ik ermee bezig, en... het wordt een grote mislukking. Het past niet! Ik kan mijn armen er wel insteken, maar dan sta ik met mijn armen gestrekt naar achter, ik kan ze niet naar voren bewegen. Alleen bij de ellebogen zit ruimte om te bewegen. Woedend smijt ik het jasje in een hoek, om het de volgende ochtend op te rapen en om de schouders van Leila te hangen, al is het haar veel te groot. Het is een mooi jasje, en ik vind het best knap van mezelf dat ik het in mijn eentje gemaakt heb, dus zo kan ik er toch van genieten, maar vooral wil ik elke dag zien hoe mijn vaardigheden op de naaimachine groeien én te kort schieten. Volg je me nog?

Ik wil verder leren naaien, maar oma Valentine is in Amsterdam. Een behoorlijk lange tijd deze keer. De eerste natte sneeuw, het novemberrapport, sinterklaas: al die tijd is oma Valentine nog in Amsterdam. Ik laat mijn naaimachine alleen onaangeroerd op mijn kamer om een stukje taart op Yfkes verjaardag te eten en pepernoten te maken. Mijn ma en ik bakken op vijf december altijd tot het hele huis gevuld is met de heerlijkste geuren.

Vriendin

'Bibi?' Hasna uit mijn klas tikt op mijn schouder. Ik ben op weg naar mijn kluisje en in de hal van de school draai ik me naar haar om. Het is half vier en buiten neemt de schemer al bijna bezit van het schoolplein. Hier binnen schijnen de lichtjes van de kerstboom in de hal zacht op haar bruine huid. Haar donkere ogen kijken mij vragend aan.

'Jouw kleren...' zegt ze aarzelend, 'ik vind ze zo mooi.'

'Dank je!' Ik krijg de laatste tijd vaker complimenten. Zo leuk! Ik groei ervan, dik tevreden met mezelf.

'Je ziet er steeds zo leuk uit...' gaat Hasna verder.

'Dank je,' zeg ik weer, maar er bekruipt me het gevoel dat ze eigenlijk iets anders wil zeggen.

Ik kijk haar aan en zij mij. Afwachtend. Heb ik iets gemist?

'Ehm...' zegt ze dan.

'Ja?' vraag ik.

'Toen je met je nieuwe regenpak hier op school kwam, weet je nog, die modeshow die je toen gaf...'

Of ik dat nog weet! En dan weet ik ineens waarom Hasna mij aanspreekt. Mijn gezicht wordt zo rood als een cherrytomaat, geloof ik. 'Helemaal vergeten! Sorry Hasna, ik heb toen beloofd iets voor jou te naaien! Toch?'

Hasna's gezicht licht op. 'Misschien, zei je toen nog,' corrigeert ze mij. 'Maar wil je dat nog steeds?'

Zij heeft met kleren kopen hetzelfde probleem als ik, en daarom hebben we toch een klik met elkaar, al zijn we geen dikke vriendinnen. Maar ik heb er helemaal geen seconde meer aan gedacht dat ik dat gezegd heb, zo druk was ik bezig met geld verdienen en voor mezelf naaien. Dubbeldik kreng dat ik ben!

'Weet je wat,' roep ik uit, 'het is bijna kerstvakantie, als je nou een keer langskomt bij Valerie-Valentine dan neem ik je maten op en naai ik iets voor jou.'

Ze trekt haar zwarte wenkbrauwen op. 'Waarom bij Valerie?'

Ik leg haar uit dat we daar moeten zijn voor naai-patronen en de juiste maten. Oma Valentine is de hele kerstvakantie bij hen, heeft Val me verteld.

Mijn hersens gaan weer ratelen. De kerstvakantie duurt twee weken. Ik moet zorgen dat ik nieuwe dingen leer! Patronen aanpassen bijvoorbeeld! Dan kan ik dat de volgende keer helemaal zelf. Ik denk aan mijn mislukte jasje, dat erom schreeuwt om opnieuw gemaakt te worden, en dan goed! Nee, perfect moet het zijn. Maar ik moet vooral leren mezelf te redden.

Ik spreek af met Hasna aan het begin van de kerstvakantie. Ze heeft me gevraagd of ik haar thuis wil ophalen. Andersom was logischer, maar vooruit. Ik bel aan en verwacht dat Hasna direct meegaat, maar ze zegt: 'Kom binnen, we gaan eerst theedrinken.'

Ik stap naar binnen.

'Wil je je schoenen uitdoen?' vraagt Hasna vriendelijk.

Ik zie een rij schoenen naast elkaar in de gang staan en zet de mijne ernaast. Gelukkig heb ik geen sokken met een gat erin, denk ik, en ook geen zweetvoeten.

In de kamer valt mijn blik onmiddellijk op de salontafel die vol schalen met lekkere hapjes staat! Hasna's moeder schommelt naar ons toe en wijst op de bank. 'Welkom, welkom, ga zitten.'

Ik zak weg in de kussens en Hasna's moeder schenkt thee in uit een zilverkleurige kan. Met verbazing zie ik dat ze allebei drie klontjes suiker in hun thee doen.

'Twee is genoeg, hoor,' zeg ik gauw als Hasna een suikerklontje in mijn thee laat vallen.

Met heel veel zelfbeheersing pak ik één koekje van de schaal. Ik weet hoe het hoort. Het heeft de vorm van een halve maan en is gevuld met noten en honing. Ik proef met aandacht. Lekker!

'Zelf gemaakt?' vraag ik met volle mond.

Moeder en dochter knikken.

Maar dan vult Hasna's moeder een bordje met lekkernijen. Dat moet ik allemaal opeten. Nou, geen probleem. Ik doe het graag! Gevuld zanddeeg, bladerdeeggebakjes met honing en walnoten, ronde balletjes met kokos, Turks fruit, het is allemaal even lekker. Hasna en haar moeder kunnen er ook wat van, zie ik.

Na drie koppen muntthee doen we onze schoenen en jas aan en gaan we de stad in. Hasna vindt het moeilijk om stof uit te kiezen, dus het duurt even voor we eruit zijn. We betalen en ik neem Hasna mee naar het huis van Val.

Oma Valentine is in de serre aan het naaien en ik stel haar voor aan Hasna. Ze neemt Hasna's maten op en terwijl we bezig zijn met het patroon, leert ze me hoe

60

ik dat kan aanpassen. Dan ga ik aan het werk. Hasna sluit zich aan bij Val, en even later komen ook Yfke en Thian binnenwaaien. Ze hebben een stapel dvd's bij zich.

'Sorry, meiden,' zeg ik. 'Ik doe niet met jullie mee. Ik ben bezig. Roep maar als jullie iets gaan eten of drinken.'

Vrijwel de hele kerstvakantie zit ik achter de naaimachine, bij mij thuis of bij Val. Ik begin met iets voor de feestdagen. Alleen de kerstmaaltijden en de oliebollen kunnen mij er vandaan halen.

Eerste kerstdag eten we rollade, patatjes, appelmoes, stoofpeertjes en verschillende soorten groenten, tweede kerstdag eten we kaasfondue met sla en cherrytomaatjes en fruit. Als toetje aten we eerst tiramisu (zelfgemaakt.... mmm) en na de fondue vanilleroomijs met warme kersen en slagroom. Het zijn gezellige dagen omdat opa en oma bij ons logeren. We doen de hele dag spelletjes. De schaal met kerstkransjes staat naast ons op tafel als we monopoly spelen.

Maar Oud & Nieuw is beslist mijn lievelingsfeest, had ik dat al verteld? Oliebollen bakken doen we zelf, en die dampende schaal bestrooid met poedersuiker... daar doe ik een moord voor. Maar we maken ook appelflappen en appelbeignets. We hebben altijd zo veel dat we er nieuwjaarsdag nog van kunnen eten. Wij brunchen niet, wij gaan gewoon verder met de oliebollen! Zelfs Okki smult mee van de restjes.

Maar alle andere dagen naai ik. Ik naai een rokje en een bloesje voor Hasna, die er super de super blij mee is, en begin dan aan een prachtig, heel mooi passend jasje van spijkerstof voor mezelf. In de loop van de kerstvakantie leer ik van oma Valentine wat ik wil leren: alles over patronen aanpassen en veranderen en op de juiste manier knippen.

Ik leer ook veel van Melody, de zus van Valerie-Valentine, die een week thuis is. Zij leert me werktekeningen te maken voor een patroon. Ze leert me naar mode kijken. We bladeren samen door de modebladen die ze bij zich heeft en ze vraagt aldoor: 'Wat doet deze kleur met die? Wat is het effect van zo'n model jurk? Maar waaróm vind je dat mooi / gek / saai?'

Maar ik stel ook vragen: 'Moet je altijd zo'n normale kraag op een bloesje naaien? Zit de taille van een jasje altijd op dezelfde plaats? Wat gebeurt er als je heel wijde mouwen maakt bij dit model, of als je bij een jasje het linkerpand anders knipt dan het rechter?'

Melody vertelt over haar opleiding en ik hang aan haar lippen. Dat alle modellen in haar tijdschriften superslank zijn, vind ik op dat moment nog heel logisch. Zo zit de wereld in elkaar, dat weet ik van jongs af aan: zij zijn een aparte mensensoort.

'Bibi, kom je ook?' Dat is Val die naar ons toe komt lopen. Ze gaat schaatsen met Thian en Yfke.

Ik wijs op de stapel modetijdschriften. 'Je ziet toch dat ik met Melody aan het lezen ben.'

'Zo sáááí...' is haar mening. 'Kom nou!'

Ik schud nee en weiger de boze blik van Val te zien.

'Bibi, ga je mee?' Val, opnieuw, 's avonds. Ze gaan naar de bioscoop.

'Hè? Nee, ik ben bezig. Oma legt me net uit hoe ik dit moet doen.'

Een dag later, Valerie wil de uitverkoop in. 'Bibi...?'

'Andere keer! Ik wil dit afmaken.'

'Jéétje, nou heb ik er toch echt genoeg van!' roept Val geïrriteerd uit. 'Wie is hier nou eigenlijk jouw vriendin?!'

Obees

Januari is de vreselijkste maand van het jaar. Januari is afvalmaand, namelijk. Januari is de tijd van de goede voornemens en al die superslanke dennen uit mijn klas willen ineens afvallen. Ze vinden dat ze te dik zijn. 'Jij zeker ook, Bibi?' vraagt Carien.

'Wat?' doe ik net of ik haar niet gehoord heb.

De klas zit in het lokaal te wachten op de leraar Duits en het gesprek gaat over de kilo's die ze eraan hebben gegeten in de kerstvakantie.

'Jij gaat natuurlijk ook lijnen!' Het is al geen vraag meer die Carien stelt.

'Tuurlijk,' zeg ik om eraf te zijn, en dan informeert ze mij ongevraagd: 'Er is een nieuw dieet, weet je dat? Zou héél goed voor je zijn!'

De meiden van mijn klas leggen de verschillende diëten op een weegschaal en bespreken de voor- en nadelen. Met kromme tenen doe ik of ik luister. Een week, hooguit twee, zo lang duurt dat gepraat over calorieën, weegschalen, Sonja Bakker of Herbalife of weet ik veel hoe die diëten heten. Het gaat vanzelf voorbij, weet ik uit ervaring, maar ik haat het! Sterker nog, ik word er bijna paranoïde van. Op het meisjestoilet vraagt Eylem uit mijn klas mij op een gegeven moment: 'Bibi, heb jij obees?'

Ik sta paf. Ik kijk haar aan en twijfel tussen: 'Jij misschien?' en 'Heb je er bezwaar tegen?' maar mijn blik zegt al genoeg.

Ze wordt rood, en stamelt met een ongelukkig gezicht: 'Ik ben ongesteld geworden en heb niets bij me, en de automaat is leeg!'

O, o.b.'s! Tampons! Ja, die heb ik toevallig bij me. Ik graai in mijn rugzak en geef haar twee tampons. Ze gaat een toilet in en ik werp een blik in de spiegel. Ze vroeg dus niet of ik obees was, ik heb er zelf obesitas van gemaakt. En toch... Ik moet bekennen: het kan niet anders dan dat ook ik ben aangekomen door al dat eten en zitten en niet meedoen met alle activiteiten van mijn vriendinnen. Ondanks mezelf voel ik me vet zwaar door al dat praten over diëten.

Ongelukkig sjok ik die dag naar het volgende lesuur. Als we binnenkomen, is duidelijk te ruiken dat het lokaal niet gelucht is. Het stinkt! Ken je dat: een te warm lokaal waar dertig pubers hebben zitten ploeteren (of niet natuurlijk, voor die lucht is er *zijn* al genoeg). Met dichtgeknepen neus plof ik op mijn stoel naast Yfke en zit zo'n beetje in mezelf te mokken.

Ik haat januari! Uur na uur, dag na dag denk ik dat. Ik heb een dip, ik voel me niet prettig, thuis niet, op school niet, ik ben mezelf even kwijt. Zo doe ik normaal nooit, maar deze eerste schoolweek van januari ben ik zo chagrijnig als een boom in de storm. Ik zwiep alle kanten op. Hup, mijn broertje krijgt een pets, hup, de kat ontvangt een oplawaai, hup, mijn ma kan een snauw verwachten.

Gelukkig schakelt net deze week mijn pa mijn broertje Bink en mij in voor een proefsessie. Dan mag ik legitiem snoepen. De dropjes hebben dan nog een tamelijk

65

oninteressant uiterlijk: een rondje of een vierkantje. En de smaak? Ogen dicht en zo lang mogelijk zuigen. Hmmm. Een biscuitje en een slok water om je smaakpapillen te neutraliseren en dan ben je klaar voor het volgende dropje. Dáár knapt je humeur van op, zeg. Tijdelijk dan. Want chagrijnig blijf ik. Waarom? Niet alleen vanwege die gesprekken in de klas waar Val en Yfke dus ook aan meedoen. Nee, ineens besef ik dat alles weer zo gewóón is, op mijn eigen gedrag na misschien. Mijn droomkerstvakantie is omgevlogen, oma Val is in Amsterdam, Melody is weer naar haar academie en ik zit hier maar op school naar leraren te luisteren over dingen die me niet zo interesseren. Het enige lichtpuntje is Hasna, die trots haar nieuwe kleren draagt en iedereen die het horen wil, vertelt dat ik ze heb gemaakt. En mijn vriendinnen... Er is iets met mijn vriendinnen...

Als de week eindelijk voorbij is, lopen we met zijn vieren naar buiten. Dat wil zeggen: ik loop twee passen achter de andere drie aan. Ineens heb ik ontzettend zin in een broodje kroket. Ik móét mijn bui weg eten, anders komt het niet goed met mij.

'Meiden, gaan jullie mee naar de snackbar?' vraag ik, alvast een beetje opverend bij het vooruitzicht.

Ze draaien zich om en kijken me koel aan. 'O, dus je ziet ons toch nog wel staan?'

'Ja natuurlijk, hoezo?' vraag ik verbaasd.

Drie paar wenkbrauwen worden opgetrokken. Ik denk na. Ik heb de hele week naast Yfke gezeten, en nu valt me in dat ze alleen maar heeft zitten tekenen, en maar weinig tegen me heeft gezegd. Ik ook niet tegen haar, natuurlijk, ik was veel te veel met mijn eigen gedachten bezig. Ja, ik was zó bezig met januari haten en mezelf zielig vinden dat ik niet eens in de gaten heb gehad dat er iets broeide onder mijn vriendinnen.

'Andere keer!' Valerie klinkt ijzig.

'We moeten eerst iets anders doen!' Yfke klinkt ook al zo hooghartig, wat helemaal niets voor haar is.

Alleen Thian klinkt niet helemaal overtuigend. 'Ja, we hebben andere plannen.'

Drie ruggen worden naar me toe gekeerd en ze gaan sneller lopen. Ik sta paf. Waar slaat dit op?

'Val, Yf, Thian, wacht! Ik doe mee!' Ik weet niet wat ze gaan doen, maar ik wil méé.

Nu keren ze zich opnieuw naar mij, met de armen in elkaar gehaakt. Als één front staan ze tegenover me.

Valerie voert het woord: 'Ik geloof niet dat jij ons nog nodig hebt. Nou, *wij* hebben *jou* niet nodig.'

En dan lopen ze zomaar weg met z'n drieën! Belachelijk, wat is dit voor rare move?!

Voor het eerst van mijn leven sta ik alleen op het schoolplein. Ik ben even niet in staat ook maar een teen te bewegen. Ik zie hoe ze tussen de fietsenrekken van het Bonnema College door lopen, hun fiets pakken en wegrijden zonder nog om te kijken, naar mij, nummer vier van de vriendinnenclub.

Om me heen stroomt het plein leeg. Traag pak ik mijn eigen fiets. Bij de bushalte steek ik de straat over en sla links af in plaats van in de richting van mijn huis te gaan. Rechts van mij staan huizen, links is het kerkhof. Onze school heeft erg rustige buren, die nooit klagen over herrie, dat soort grapjes maken wij regelmatig, maar als ik erlangs fiets, kijk ik nooit opzij. Dan kom ik bij het kruispunt waar ik rechtsaf moet, en daar is het winkelcentrum al. Ik zet mijn fiets weg en ga in m'n eentje de snackbar binnen.

Het is niet druk. Er staat een jongen die net zijn tanden in een hamburger zet en die volgens mij ook bij ons op school zit, dus ik mompel: 'Hoi.' Een vader met twee kleine kinderen is voor mij, en ik wacht ongeduldig mijn beurt af. Met mijn broodje en een milkshake ga ik op een kruk bij het raam zitten. Voor het eerst van mijn leven smaakt de kroket me niet. Evengoed koop ik daarna nog een patatje oorlog.

Terwijl ik het ene frietje na het andere in mijn mond stop, valt me ineens iets in. Ik sms Val: 'Is het vanwege de kerstvakantie?'

Ze reageert niet. Dan stuur ik dezelfde sms naar Thian, en van haar krijg ik wel een bericht terug: 'Ja, we voelen ons ernstig verwaarloosd.'

Ik begin in mijn eentje te lachen. Ik hoor de beide kinderen, allebei met ketchup op hun smoeltjes, hun vader vragen: 'Waarom lacht die mevrouw?'

'Ze zal wel een binnenpretje hebben,' hoor ik hem antwoorden.

Dat is niet helemaal het goede woord, opluchting is beter. Ik stuur alle drie mijn vriendinnen een sms: 'Sorry dat ik me in de kerstvakantie als een aso heb gedragen. Hoe kan ik het goedmaken?'

Val is de eerste die antwoordt: 'Hè hè, je hebt het door. Organiseer maar een leuke vriendinnenparty voor ons.'

Hyves en hutspot

Na die vriendinnenparty is het gelukkig weer helemaal goed tussen Val, Thian, Yfke en mij. Mijn humeur trekt bij, ook omdat ik door mijn ijver in de kerstvakantie nieuwe, heel erg leuke kleren heb om aan te trekken.

Hasna, nog altijd blij met haar outfit, vraagt op een middag: 'Zullen we na school afspreken en dan foto's maken in onze nieuwe kleren en die op Hyves zetten?'

Nu is Hasna voor het eerst bij mij thuis. Bij de deur trekt ze haar schoenen uit, ook al zeg ik dat het niet hoeft. Ik geef Hasna thee met drie klontjes suiker. Als ik de trommel met Café Noir koekjes voor haar neus houd, zeg ik: 'Niet meer dan één, hoor, zo zijn wij dat gewend!'

Ze neemt er keurig één en dan zet ik lachend de trommel tussen ons in. 'Nee, geintje, maar ik geloof wel dat de meeste Nederlanders dat doen, één koekje pakken en dan de trommel weer in de kast. Mijn ma en ik laten de trommel altijd een poosje op tafel staan.' Wat dat betreft verschillen wij niet eens zo veel van Hasna en haar ma, bedenk ik.

Ik begin aan mijn koekje te likken – mmm! – en Hasna kijkt er vol verbazing naar. Al kletsend pakken we allebei nog meer koekjes, en Hasna neemt het likken van het laagje fondant van me over.

Als thee en koekjes op zijn, gaan we naar boven. Hasna haalt een camera uit haar schooltas, die er indrukwekkender uitziet dan die van mijn pa.

'Wat jij met naaien hebt, heb ik met fotograferen,' legt ze uit.

Dat blijkt! Als een echte fotograaf geeft ze mij opdrachten. 'Schuif je bed eens aan de kant! Die zachtgele muur is perfect als achtergrond. En nu een lamp erop. Ja die, die geeft mooi licht. Dan is alle aandacht voor de kleren.'

Eerst is het mijn beurt om gefotografeerd te worden. Ik herinner me de modellen in de tijdschriften van Melody, die ik vervolgens nadoe. Ik zak door mijn heup en houd mijn hoofd scheef, mét lach en daarna zonder lach. Ik doe mijn handen op de rug, draai me half weg van Hasna terwijl ik door mijn wimpers naar haar kijk. Voor de volgende foto leun ik tegen de muur met opgetrokken knie en met mijn hand in mijn nek. Vervolgens trek ik mijn jasje aan, doe mijn handen in de zakken, kruis mijn rechtervoet over mijn linkerbeen met alleen de punt van mijn schoen op de grond. Ik lach, ik kijk ernstig, ik probeer verleidelijk te kijken.

Hoe dat laatste eruit moet zien, weet ik niet precies, maar Hasna roept enthousiast: 'Ja, mooi, goeie blik!'

Ze klikt en klikt en geeft aanwijzingen: 'Hoofd rechtop! Doe je arm eens over je hoofd? Nee, doe eens iets met je haar! Draai eens meer naar mij toe? Ja, dát is een leuke houding, perfect! Wauw, Bibi, móói!' Tussendoor kijkt ze steeds even op het schermpje naar het resultaat.

Daarna is Hasna aan de beurt. Ze stelt het fototoestel voor me in, en wijst waar ik moet drukken, maar we voelen ons duidelijk allebei minder prettig bij deze rol.

Ik weet niet goed hoe ik moet richten, en Hasna weet niet hoe ze moet gaan staan. Dus presteer ik het tot drie keer toe Hasna zonder voeten op de foto te zetten, en wat er wel op staat van Hasna ziet er ongemakkelijk uit. Als er eindelijk eentje min of meer gelukt is, neemt Hasna het toestel weer van me over en vraagt ze: 'Trek eens iets anders aan?'

Opnieuw neemt ze een serie foto's van mij terwijl ik achter mijn naaimachine zit. Daarna maken we een stilleven van Leila met kleren van mij en een paar losse lappen stof.

'Ga er eens bij staan?' vraagt Hasna.

Ik sla mijn armen om Leila heen, alsof we dikke vriendinnen zijn en Hasna knipt opnieuw. Daarna aai ik haar over haar bol, doe of ik met haar dans, ik haal zomaar wat gekkigheid met haar uit waar Hasna om moet lachen.

Ze glundert als ze de foto's op het kleine schermpje van haar toestel ziet. 'Die zijn leuk!' Dan wijst ze naar mijn bed. 'Hebben we nu alle outfits gehad?'

Daar ligt het zelfgemaakte deel van mijn garderobe uitgestald. 'Jawel, maar nu hebben we een hele serie foto's van mij, en maar één van jou.'

Hasna haalt haar schouders op, maar ik pak voorzichtig het fototoestel uit haar handen. 'Trek jij eens iets van mij aan?'

Terwijl Hasna zich verkleedt, haal ik een schaal met chips en wat drinken. Mijn kleren zitten Hasna iets te ruim, zie ik, en ze is langer dan ik, maar het is maar voor de foto. Ik doe een lap stof om haar heupen en ook Leila kleed ik opnieuw aan met een paar lappen stof. Nu gaan die twee samen op de foto. Door Leila gaat het poseren bij Hasna iets natuurlijker en ook met mijn fotografie gaat het ietsje beter.

Dan vindt Hasna het genoeg. Ik start mijn laptop op en zij zet ze erop. Verbaasd zie ik hoe mooi ze zijn. 'Goh, hé, hartstikke goed!' Ik geef haar een paar klopjes op haar schouder en ze begint helemaal te glunderen. Daarna bewerkt ze een aantal foto's, tot ook zij tevreden is.

Ik hoor mijn ma onder aan de trap roepen dat het eten met vijf minuten op tafel zal staan. Prompt begint mijn maag te knorren en wordt er extra speeksel aangemaakt. Ik sluit mijn laptop af en Hasna pakt haar fototoestel weer in. We gaan naar beneden waar het heerlijk naar hutspot ruikt. Hasna kijkt mij verwachtingsvol aan. Wat wil ze nog? Wij gaan eten, dus ze moet naar huis! Terwijl ik graag aan tafel wil, aarzelt zij in de keuken. Ze geeft mijn ma een hand en begint een praatje. Die kijkt me vragend aan. Ik moet Hasna natuurlijk uitlaten, maar hoe doe je dat met iemand die meeloopt naar de kamer als mijn ma net de pan met hutspot op tafel zet...?

Beleefd als ze is, geeft ze mijn pa op de bank een hand en daarna ook Bink, die al aan tafel zit. Kennelijk ziet ze dan dat er maar vier borden op tafel staan. Ze lijkt te schrikken.

'Ik laat je even uit,' zeg ik snel. Achter mij gaan mijn ouders aan tafel. Hasna pakt haar jas van de kapstok en zegt: 'Ik ga vanavond direct de foto's op Hyves zetten.'

'Ik ook!'

Dan staat ze klaar om te vertrekken. 'Dag! Dank je wel en tot morgen.'

Snel ga ik aan tafel zitten waar mijn ma al heeft opgeschept. 'Ik had het gevoel dat ze dacht dat ze mee kon eten,' zegt mijn ma.

'Dat gevoel had ik ook,' stem ik in.

'Maar daar had ik niet op gerekend,' licht mijn ma toe.

'Waar komt ze vandaan?' vraagt mijn pa.

Ik neem een extra lepel jus. 'Gewoon, hiervandaan. Ze woont in de Vrijheidswijk.'

'Dat bedoel ik niet.' Mijn pa neemt een hap in zijn mond. 'Waar komen haar ouders vandaan?'

Dat weet ik eigenlijk niet. Ik weet wel dat ik de hutspot van mijn ma erg lekker vind.

'Mensen uit moslimlanden zijn erg gastvrij. Alleen hier in Nederland zeggen we tegen bezoek: het is zes uur, je moet naar huis.'

'Wat zeggen zij dan?' vraagt Bink met volle mond.

'Zij zeggen: het is zes uur, eet je mee?'

'Maar ik kon haar niet vragen mee te eten,' verdedigt mijn ma zich. 'Dan hadden we niet genoeg.'

'En dat moeten we niet hebben.' Mijn broertje Bink smakt tevreden.

Ik zal het Hasna morgen uitleggen, neem ik me voor.

'Maar hoe doen ze dat dan?' vraag ik me hardop af. 'Hebben ze dan altijd een bord vol voor iedereen die zomaar mee mag eten?'

'Ik denk het,' zegt mijn pa. 'Waarschijnlijk koken ze altijd te veel. Of misschien moet ik zeggen voor een persoon extra. Gastvrijheid is belangrijk in die culturen.'

'Dan zullen ze regelmatig restjes weggooien als er géén extra eters zijn,' concludeert mijn ma met een zuinige trek om haar mond.

Ik weet het: eten wordt nooit weggegooid. Mijn ma

en ik eten liever iets te veel om het op te maken dan dat we eten in de afvalbak kieperen. Ik ga het morgen allemaal aan Hasna vragen en uitleggen dat wij anders zijn. De pan met hutspot gaat schoon op. En het pak slagroomvla wordt goed uitgeknepen boven de dessertkommetjes.

Nadat Bink en ik de afwasmachine hebben ingeruimd, ga ik weer naar mijn kamer om de mooiste foto's op Hyves te zetten. Daarna ga ik snel met mijn huiswerk aan de gang, en dan heb ik nog net wat tijd voor wat naaiwerk, want ik ben met iets nieuws begonnen. Ja, je hoort het goed: ik heb oma Valentine bijna niet meer nodig!

MMKK

Omdat ik het niet leuk vind om steeds hetzelfde te maken, verander ik een patroon elke keer dat ik iets naai en varieer ik met stof, lengte, hals, de kleur van het garen, afwerking en versieringen. Ik ben zó blij dat ik nu een kledingstuk kan maken precies zoals ik het wil hebben!

Mijn garderobe breidt langzaam uit. Iedereen vindt mijn zelfgemaakte kleren mooi, iedereen zegt dat ook steeds: 'Leuk, Bibi, wat je aan hebt. Het staat je goed! Origineel model.' Raar hoe snel je daaraan gewend raakt en hoe je dat begint te verwachten. 'Wat heb jij een leuk jasje aan. Zelf gemaakt? Goh, goed zeg, heel mooi.'

Er is er maar één die mijn kleding afkraakt. Ze dénkt dat ze er verstand van heeft omdat ze merkkleding kan betalen. Ik hoef zeker geen naam te noemen?

Van mijn zelf verdiende geld koop ik aldoor nieuwe stof. Ik doe nog steeds herstelwerk en mijn naaimachine is inmiddels afbetaald! Alles wat ik naai, zet ik op de foto. Ik ga voor de spiegel staan en maak vervolgens met mijn mobiel een foto van de spiegel. Ook vraag ik Hasna nog een keer om foto's te maken. De collectie eigengemaakte kleren op Hyves breidt dus uit.

Elke keer dat ik nieuwe foto's op mijn Hyvespagina zet, komen er krabbels binnen: 'Waar heb je die leuke kleren vandaan?' Mijn zelfvertrouwen groeit als ik die vraag keer op keer beantwoord met: 'Zelfgemaakt!'

Ik probeer mijn tijd nu wat beter te verdelen tussen huiswerk, naaien en mijn vriendinnen.

Dat lukt aardig tot ik een berichtje krijg van een vriendin van Hasna (wij hebben allemaal vriendinnen van vriendinnen in onze vriendenlijst): 'Wil je voor mij, een meisje met maat XXL, ook iets naaien? Ik betaal je ervoor!'

Ik lees het bericht van deze Adilah en reageer eerst nog niet. Ik voel me wel enorm gevleid dat iemand mij dat vraagt. Maar hoe pak ik dat aan? Wat vraag ik ervoor? En ik wil alleen kleren naaien die ik zelf leuk vind om te maken.

Ik zit wat te dromen boven mijn laptop, en zie een nieuwe krabbel. Dat is Hasna: 'Lieve Bibi, en voor mij?! Tegen betaling natuurlijk.'

Ik krabbel beiden terug: 'Oké, kom samen maar langs, dan zoeken we iets uit. Maar ik moet het leuk vinden om te maken.'

Vrijdagmiddag staan Hasna en Adilah bij mij op de stoep. Adilah draagt in tegenstelling tot Hasna een hoofddoek en wil iets wat goed combineert.

'Anders maak ik er gewoon een hoofddoek bij,' bied ik aan.

Adilah giechelt als ik haar maten opneem, maar ik denk aan oma Valentine en doe er niet moeilijk over. Maten zijn maten, klaar.

Twee gezellige middagen later hebben ze allebei een patroon uitgezocht, en hebben we met z'n drieën stof gekocht. Dat betalen ze zelf. Ik heb me voorgenomen met oma Val te bellen welk uurloon ik zal vragen.

Nog voor ik hun kleren af heb, krijg ik een uitnodiging op Hyves om vrienden te worden met ene Cecile. 'Hai,' schrijft ze erbij, 'ik ben een vriendin van Adilah.'

Ik heb begrepen dat jij kleren maakt voor als je een maatje meer hebt. Zou je ook iets voor mij willen naaien?' Ik voeg haar toe en schrijf dat ze langs kan komen.

Cecile komt mee met Hasna en Adilah als die hun nieuwe kleren op komen halen. Ik heb de bloes van Adilah om Leila's schouders gelegd, waarbij ik haar middel wat heb opgevuld met kussens. Misschien moet ik Leila definitief een paar vetrollen bezorgen, denk ik. Het zou handig zijn als mijn paspop ook een maatje meer heeft.

Zodra de meiden binnenkomen, beginnen ze al te gillen. 'O! Kijk nou! Móóói!'

Ze trekken hun nieuwe kleren aan en staan stralend voor de spiegel. Hasna maakt snel een paar foto's die ik later ook weer op Hyves zet.

Cecile laat ik kiezen uit de modellen die ik eerder heb gemaakt. Dat gaat wel zo snel, maar al knippend en naaiend ga ik het toch net weer anders doen, dat weet ik nu al.

Ik bied aan om een jurkje voor Hasna te maken, dat vind ik wel een uitdaging. 'Als hij mislukt, hoef je niet te betalen,' beloof ik.

Adilah wil ook nog iets nieuws. Ook haar laat ik iets uitzoeken van wat ik eerder heb gemaakt. Ik waarschuw haar wel: 'Ik maak dat rokje net even anders. Ik haat het om steeds hetzelfde te maken.'

Ze hebben er alle vertrouwen in. 'Als het maar goed zit!'

Dát is belangrijk, weet ik! Als je een figuur hebt zoals

wij en het trekt ergens, of er zit iets te strak, dat kán gewoon niet. Dan denkt absoluut iedereen: 'Die is dik.' Maar als je kleren draagt die soepel om je lijf vallen, en die echt bij je passen qua kleur en model, denken mensen veel eerder: 'Die heeft iets leuks aan.'

'Het komt goed,' beloof ik. Door mijn telefonisch overleg met oma Valentine weet ik inmiddels hoeveel ik kan vragen en tevreden stop ik mijn loon in mijn portemonnee.

Ik loop met de meiden mee naar beneden. Als ik de deur achter hen dicht heb gedaan, dans ik door de gang.

Bink komt verbaasd uit de kamer gelopen. 'Wie maakt hier zo'n herrie?'

'Ik!' juich ik. 'Ik heb mijn eerste geld verdiend in de mode! En ik heb nieuwe opdrachten!'

Bink kijkt me aan alsof ik gek ben. *Wacht maar af jochie*, denk ik. *Ik zal iedereen nog versteld doen staan.* Maar als eerste bel ik oma Valentine om het goede nieuws te vertellen.

'Het verbaast me niet,' zegt ze. 'Je werkt nauwkeurig, het ziet er verzorgd en goed afgewerkt uit, en je maakt er steeds net iets bijzonders van. Je kleren hebben echt iets eigens.'

De volgende ochtend op school zeg ik tegen mijn vriendinnen: 'Ik ga jullie de komende tijd opnieuw verwaarlozen. Ik heb nieuwe opdrachten, dus tijd die ik anders met jullie zou doorbrengen, ga ik naaien. De zaterdagavond is voor jullie, dan doe ik iets gezelligs mee. Als er echt iets is wat jullie doen wat ik niet mag missen, bel me, dan ga ik mee. Maar daarna moet ik weer aan het werk.'

Ik heb geweldige vriendinnen, ze snappen het, ze accepteren het, en ze trekken op tijd aan de bel.

Het blijft niet bij deze opdrachten. Ineens vragen meiden die ik helemaal niet ken via Hyves of op mijn mobiel of ik iets voor ze wil naaien. Ze zijn een vriendin van Hasna of Adilah of Cecile of anders daar weer een vriendin van. De meesten zijn als ik, en ik krijg treurige verhalen te horen over mislukte middagen shoppen, depressieve buien en minderwaardigheidscomplexen.

'Ik durf niet meer in de spiegel te kijken,' vertelt iemand mij. 'Te veel buik, te veel bil, te veel borst.'

'Ik kan het D-woord niet eens uitspreken,' verzekert een ander meisje mij.

Ik probeer ze altijd op te peppen: 'Laat je niet gek maken! Kijk niet met de blik van de magere medemens, maar wees jezelf. Big is Lastig maar Big is óók gewoon Best, hoor. Als wij daar maar in geloven, dan doen anderen dat ook! Als jij een maatje Xtra hebt, maak ik Xtra mooie kleren voor jou! Je zult zien dat je je al veel beter voelt als je iets bijzonders draagt.'

Er gaat een lopend vuurtje door allerlei vriendenlijsten, in ieder geval: via Hyves verspreidt zich het nieuws dat ik kleren maak voor Xtra grote maten.

'Wat jij draagt op die foto's op je Hyves, dat ziet er zó supercool uit! En het staat zo goed. Dat wil ik ook! Kun jij voor mij ook zo'n jurkje maken, maar dan blauw?'

'Ja, dat is goed,' krabbel ik terug. En ik noem de prijs die Hasna ook voor haar jurkje heeft betaald.

Een ander wil dat jurkje in het rood, weer een ander vraagt naar een patroon met bloemen. Ik geef adviezen wat betreft kleur en stofkeuze en uiteindelijk is iedereen tevreden. Nog iemand anders wil dat spijkerrokje en dat ene bloesje erbij. Ik vind het zó grappig dat wildvreemde meiden mijn kleren willen!

De enkele slanke den die mijn kleren mooi vindt en om een jurkje vraagt, antwoord ik: 'Bedankt voor je complimenten, maar sorry, ik maak alleen molligemeidenmode. Maatje Xtra.'

Eén meisje is daar boos om. 'Wat een waardeloze naaister ben jij! Ik geef je aan wegens discriminatie.'

Kijk, daar moet ik nou om lachen!

Er hebben al verschillende meiden om kleren gevraagd, en ik heb nu wel een paar praktische problemen. Hoe organiseer ik dat allemaal? Ik kan moeilijk met iedereen persoonlijk stof uit gaan zoeken. En hoeveel vraag ik ervoor? Hoe kom ik aan hun maten of moeten al die wildvreemde meiden bij mij thuis komen passen? Ik zie het bezorgde gezicht van mijn ma al voor me. Die is panisch bij het idee dat je op internet allemaal vreemden tegenkomt. En als ik vaste maten aanhoud, gaat het dan wel passen? Ik weet nog precies waarom ik zelf via internet nooit kleren wilde kopen. Het paste vaker niet dan wel, het viel altijd tegen en dan stuurde ik het terug. Dat moet ik niet hebben!

Ik kijk dan ook enorm uit naar de voorjaarsvakantie om het allemaal met oma Valentine te bespreken.

'Maar ze komt helemaal niet,' zegt Valerie als ik er op school over begin. 'Wij gaan toch op wintersport?!'

Ik krijg bijna een hartverzakking. Geen oma Valentine deze vakantie? Daar was ik dus wel van uitgegaan. Ik kan wel janken! Ik staar Val aan en probeer de tranen tegen te houden.

'Och gos,' zegt Val terwijl ze mijn arm streelt. 'Maar dat wist je toch? We gaan elk jaar!'

Ja, dat is zo, maar ik heb er niet bij stilgestaan, zo ben ik in beslag genomen door mijn naaiwerk. 'M... maar hoe moet dat nou?' stamel ik.

'Bel haar, vraag of je naar haar toe mag,' stelt Val voor.

Ja! Dat doe ik direct uit school.

'Natuurlijk!' zegt oma Valentine. 'Je bent welkom, hoor kind. Neem je naaiwerk maar mee.'

Opgetogen ga ik naar mijn ma. 'Dat mag toch wel, hè, mam?'

Nog voor ik klaar ben met mijn vraag zie ik de bedenkingen in haar blik. 'Alléén naar Amsterdam? Dat dacht ik niet.' Haar moederlijf maakt zich nog breder dan ze al is vanwege alle mogelijke apen en beren op de weg naar Amsterdam. En dan heb ik het niet over de beestenboel van Artis.

Voor de tweede keer die dag zakt mijn hart tot verre diepte. 'Maar in de herfstvakantie mocht het wel?'

'Samen met Valerie, ja.'

'Ik ben vijftien!'

'Dus te jong om zo'n eind alleen te reizen.'

'Nou ja! Ik heb het eerder gedaan! Ik weet precies waar ik over moet stappen!'

'Nee, Bibi, dat doen we niet.'

We? Ik! Ik kan dat best, en ik heb oma Valentine nodig! Maar mijn ma is te bezorgd, ze is niet om te praten. Ik probeer het bij mijn pa, maar die weet hoe mijn ma ertegen aankijkt. Het mag niet!

Wanhopig meld ik mijn ongeluk bij Valerie. Ik heb allemaal oplossingen bedacht. Val komt een paar dagen eerder thuis om met mij mee naar Amsterdam te gaan, ik vraag of Yfke of Thian mee gaat logeren bij Valeries oma, ik nodig oma Valentine bij mij thuis uit, maar als ik voor Val sta, vind ik ze een beetje belachelijk. Ik zucht diep. 'Ik ben zo ongelukkig!' roep ik uit.

Valerie kijkt me onderzoekend aan. 'Je meent het echt, hè?'

Die avond, als ik net aan mijn huiswerk ben begonnen, begint mijn mobiel te piepen. Op het schermpje staat 'Val-Val'.

Zonder inleiding begint ze te praten. 'Luister! Ik heb iets voor je geregeld. Oma wil toch hier komen, ook al zijn wij er niet. Of ze nou alleen in Amsterdam zit of in haar eentje bij ons, zei ze, verandering van omgeving is altijd prettig. En ze heeft graag gezelschap van jou.'

Ik ga gillen als ik dit hoor. 'Whááááh! Meen je dat? O Val, je bent een schat! O, wat super! Je bent een hartstikke lieve vriendin!'

Het is een zware dag voor mijn hart vandaag met al die emoties! Nu springt het óp van blijdschap.

'Wat krijg ik ervoor terug?' vraagt die schat van een paar straten verderop.

'Ik naai een prachtige feestjurk voor je verjaardag!'

'Ik hoor niet tot jouw MMKK.'

'Mijn wát?'

'Jouw mollige-meidenklantenkring.'

Ik lach. 'Je hoeft dan ook niet te betalen. Ik vind het een nieuwe uitdaging om een jurk met een wespentaille te maken.'

'Ik ben allergisch voor wespen.' Val wil altijd het laatste woord hebben.

Bibi Xtra

De voorjaarsvakantie is amper begonnen of ik sta al op de stoep van huize Valerie-Valentine. Officieel om Val uit te zwaaien, maar natuurlijk ook om oma Valentine vast te zeggen hoe blij ik ben haar te zien. Ze begroet me met drie dikke zoenen en vertelt dat ze er al twee dagen is.

'Dan ziet de familie mij ook even,' verklaart ze. 'En ik hen.'

Heel even overweeg ik Val te verwijten dat ze dat niet heeft gezegd, maar ik snap dat dat niet kan, dus ik beheers me. We zitten gezellig samen aan de tafel in de achterkamer, allebei met een dampende kop thee voor ons. Val en haar ma pakken hun koffers. Ze zullen vanavond nog vertrekken en onderweg Melody in Arnhem ophalen.

Ik kijk naar de rimpels van oma Valentine – zijn er bijgekomen? – en naar de blik in haar ogen. 'Hoe gaat het met het leren alleen te zijn?'

Daar moet ze even over nadenken. 'Tja, hoe gaat het met mij in m'n eentje... Op sommige dagen wel goed. Dan doe ik van alles en heb ik het op mijn manier druk, dus ja, ik red me wel zo'n beetje...'

Ik probeer me een voorstelling te maken van het alledaagse leven van een oma, maar ik geloof niet dat ik daarin slaag. Wat zou ze allemaal doen? Maar net als ik het wil vragen, gaat ze verder. 'Op andere dagen ben ik verdrietig, en voel ik me alleen. Dan blijf ik de hele dag op de bank zitten. Dan denk ik: ik leer het nooit.'

Ik wou dat ik wist wat ik kon zeggen. Ik buig me naar haar toe om troostend mijn hand op haar arm te leggen. 'Mis je hem erg?' vraag ik.

Haar blik glijdt naar de schoorsteenmantel, waar een foto van Vals opa staat. Natuurlijk, het is de vader van Vals moeder. 'O ja! Alle dagen mis ik hem. We zijn zo veel jaren samen geweest.'

Stomme vraag! Kijk, nou krijgt ze natte ogen. *Mijn schuld.*

Oma Valentine glimlacht naar me en veegt met haar hand langs haar ogen. 'Je bent een lief kind. Maar vertel eens, hoe is het met jou?'

Op die vraag heb ik gewacht. Uitgebreid vertel ik over de jurkjes en bloesjes die ik genaaid heb. En hoe ik aan die opdrachten kom.

'Allemaal opdrachten via Hyves?' vraagt ze verwonderd.

Ik knik. 'Weet je wat dat is?'

'Ja, zo ongeveer.'

'Wil je de foto's zien?'

Dat wil ze graag. Ik leen Valeries laptop en laat oma Valentine mijn Hyvespagina met de foto's van mijn zelfgemaakte kleren zien.

'Goh, prachtig!' roept ze uit.

'De kleren of de foto's?' vraag ik.

'Allebei! En nu krijg je dus steeds de vraag om voor andere meiden met grote maten te naaien.'

Ik grijns. 'Kijk maar! Weer een verzoek om iets te maken.'

Inderdaad staat er een nieuwe krabbel. Ik lees: 'Ha, Bibi. Ik zit bij een vriendin van Cecile in de klas. Ik vroeg waar ze die geweldige top had gekocht. Heb jij die echt gemaakt? Jij maakt mooie kleren! Kan ik ook iets bij jou bestellen?'

Ineens klinkt een stem naast ons: 'Misschien kun je een eigen bedrijfje beginnen! Bibi's Mollige Meiden Mode, in plaats van de B. B. Service. Willen jullie nog een kopje thee, trouwens?' Ik had niet gemerkt dat Val weer beneden was. Met de theepot in haar handen kijkt ze ons vragend aan.

Met de snelheid waarmee een bliksemflits inslaat in een boom op een kale vlakte besef ik wat me te doen staat. De donderslag die erop volgt, dreunt na in mijn oren. Ik staar Val aan.

'Thee?' vraagt die nog eens met een lief stemmetje.

'Valerie-Valentine, heb ik je wel eens verteld dat jij een fantástische vriendin bent?!' zeg ik.

Ze grijnst. 'Misschien heb ik dat eerder gehoord, maar je mag het gerust nog eens zeggen, hoor. Maar willen jullie nou nog thee?'

Ik sta op en sla mijn armen om mijn vriendin, die zich met de theepot in één hand laat omhelzen. Als ik haar loslaat, kijk ik haar stralend aan. 'Dat is een geweldig idee! Ik ga een webshop beginnen: Bibi gaat XL!'

Val grijpt de pot weer met beiden handen en grinnikt. 'Wat zeg jij altijd tegen die meiden? Extra leuke kleren voor maatje extra! Kun je daar iets mee?'

'Bibi Xtra!' roep ik daarop uit.

Val schenkt ons een tweede kop thee in.

Dan pas dringt tot me door dat oma Valentine de hele tijd iets van: 'Ja, ja, ja, ja, ja!' zegt. Nu voegt ze eraan toe: 'Dat is een goed idee! Je kunt een vaste collectie opbouwen, misschien een keer een modeshow organiseren, en uiteindelijk goede prijzen vragen voor je creaties.'

Mijn wenkbrauwen fronsen. 'Maar krijg ik genoeg klanten? Willen ze wel betalen?'

Twee Valentines kijken me aan met een blik van: Hoe kun je dat nou denken? Je kunt het nu al bijna niet aan. De oude Valentine wijst naar de Hyvespagina. 'Je hebt al een beginnende klantenkring.'

'En iedereen voor wie je iets naait, is tevreden en heeft betaald,' zegt de jonge. 'Dat gaat helemaal goed komen!'

Ik knik. Ik knik een hele tijd. Ik blijf maar met mijn hoofd knikken omdat ik het zo'n giga-goed idee vind. 'Daar ga ik over nadenken,' zeg ik uiteindelijk.

'Maar je moet er niet over *nadenken*, je moet het *doen*,' zegt Val.

Heel even ben ik van mijn stuk gebracht. 'Hoe begin je een webshop?' vraag ik me hardop af.

Oma Valentine gaat er eens goed voor zitten. 'Ik help je op weg. Met mijn ervaring en jouw computer komen we er wel uit. We hebben de hele week de tijd om dat allemaal uit te zoeken. Valerie-Valentine, let op mijn woorden, als jullie terugkomen van wintersport heeft Bibi haar eigen internetbedrijfje.'

Het klinkt als een plechtige belofte.

'Hoeveel tijd kost dat?' breng ik in. 'Ik heb ook nog naaiwerk te doen.'

Oma Valentine lacht. 'Komt goed!'

We maken plannen terwijl we onze thee drinken. Ik moet eerst de modellen uitzoeken die ik wil naaien, vindt oma Valentine. Een basiscollectie maken, zeg maar, met per model de keus tussen twee of drie kleuren, niet meer. We moeten een vaste prijslijst maken, zegt ze vervolgens. En voorlopig moeten de aspirant-kopers bij mij thuis komen om de maat op te nemen en te passen, want het is misschien wel het allerbelangrijkste dat de kleren goed zitten, dus dat moeten ze ervoor overhebben.

Na een bord soep en een broodje zwaaien we om vijf uur Val met haar ouders uit.

Ik loop naar huis om (nog een keer) te eten en daarna ga ik met mijn naaiwerk in twee grote tassen terug naar huize Valerie-Valentine. Ik leg stof en de opdrachten van de vriendinnen van mijn vriendinnen, pardon, van mijn klanten op tafel. Het is meer dan ik in een week kan naaien!

'Ik naai ook voor jou,' zegt oma Valentine ineens. 'Mijn kleinkinderen hebben nu genoeg nieuwe kleren. En anders kopen ze ze maar. Ik heb zin om met jou mee te doen!'

Even ben ik sprakeloos, maar dan vlieg ik haar om de hals. Ze valt bijna omver door het onverwachte gewicht in haar armen, zo frêle is oma Valentine.

Even later zitten we samen te naaien. Voor de gezelligheid heb ik dropjes meegenomen.

'Moet je weer voorproeven?' vraagt oma Valentine.

'Deze keer niet,' antwoord ik.

'Jammer!'

'Ik kan je wel aanmelden,' stel ik voor. 'Mijn pa heeft proefpanels met mensen van verschillende leeftijden. Ik zal vragen of er ruimte is.'

Omdat er verder niemand thuis is, hebben we twee

tafels tot onze beschikking: die in de achterkamer en die in de serre. Heerlijk, dat grote huis! Mijn ma brengt zaterdagochtend met de auto mijn naaimachine en ze nodigt oma Valentine uit om 's avonds bij ons te komen eten.

Algauw lijkt de kamer op een heus naaiatelier. 'Het is maar goed dat mijn dochter niet thuis is,' zegt oma Valentine. 'Nu kunnen we lekker onze gang gaan.'

Aan tussendoor opruimen doen we niet. Wij zijn de enige mensen hier in huis en wij hebben het voor het zeggen.

Een broodje eten doen we in de keuken, oma Valentine zorgt voor koekjes bij de thee, ik neem afwisselend dropjes en cherrytomaatjes mee om tijdens het werk te kunnen snoepen, en voor de warme maaltijd gaan we naar mijn huis.

'Dan zie ik mijn dochter tenminste ook even,' zegt mijn ma, die er niets van wil weten dat oma Valentine haar uitvoerig bedankt.

Terwijl Val skiet, spreek ik mijn twee andere achtergebleven vriendinnen toe: 'Ik ga jullie nog meer verwaarlozen dan ik al deed, want ik ga een webshop beginnen.'

Maar nu heb ik het mis. 'Leuk! We doen mee!' zeggen Thian en Yfke allebei.

'Met naaien?'

'Nee, dat mag jij doen. Maar er moet vast veel meer gebeuren.'

Ze komen samen naar huize Valerie-Valentine en met zijn vieren bespreken we wat er allemaal gedaan moet worden. Reclame maken, nieuwe kleding ontwerpen, stof kopen, klanten te woord staan, de gemaakte kleding opsturen, de administratie, geld...

'Zie je wel?' Er is genoeg te doen,' zegt Thian tevreden. 'Hoe gaat je winkeltje heten?'

'BiB?' stel ik voor. 'Bibi is Big?' Maar nee, dat is al de lijn van die bekende winkelketen.

'Bibi Xtra natuurlijk,' zegt oma Valentine prompt. 'Dat vond ik veel leuker.'

Thian en Yfke kijken mij aan. 'Ja, vet leuke naam!' Thian verdiept zich in de klantenwerving. Ze maakt een speciale Hyvespagina aan voor 'Bibi Xtra', gaat voor mij op Facebook en ik begin te twitteren. Dat is zo kort, dat kost weinig tijd. Thian laat Hasna komen voor nieuwe foto's. Met haar mobiel maakt Thian een filmpje van ons samen met de mode van Bibi Xtra, dat ze op YouTube zet. Ook wil ze wel patronen uitknippen voor ons.

'Ik vond knippen op de kleuterschool al leuk,' verklaart ze. 'Toen wist ik al dat ik later kapster wilde worden.'

Als ik heb gezien dat ze heel netjes werkt, kan ik weer wat werk uit handen geven.

Ik open een extra bankrekening en Yfke maakt met Excel een paar werkbladen aan waar ik kan noteren hoeveel geld ik uitgeef en wat er binnenkomt. Verder ontwerpt ze een flyer voor 'Bibi Xtra' om uit te delen of op te hangen. 'Doe je nog steeds die Broekenservice?' vraagt ze. 'Dan zet ik dat erbij.'

'Nee, dat is verleden tijd,' beslis ik. 'Mijn buurvrouwen gaan zelf maar weer met naald en draad aan de gang. Ik maak liever nieuwe kleren. Zo leuk was dat niet.'

Al heel gauw ontvangen we de aangevraagde formulieren waarmee we ons in kunnen schrijven bij de Kamer van Koophandel en samen met oma Valentine vul ik die in. Wat gloei ik als ik invul bij 'naam bedrijf': Bibi Xtra! Mijn moeder zet de nodige handtekeningen. Met oma Valentine bedenk ik vaste prijzen voor de modellen die ik aanbied. Ook zoeken we samen nieuwe patronen uit, die we kunnen aanpassen aan die maatjes meer. Ik ben dol op spijkerstof en vind het leuk om uit te proberen hoe ik dat kan combineren met andere stoffen.

'Maar dan moet de hals wel een V-hals worden,' zegt oma Valentine.

'En we maken hem iets langer,' stel ik voor. 'En als we de taille nou eens hoger doen? Bij dit model mogen de borsten best goed uitkomen. Wij hebben mooie rondingen, hoor.'

'En dan doen we die ongelijke mouwen van laatst,' vindt oma Valentine. 'Dat is leuk.'

'En met twee lagen stof? Als we nou een doorschijnend laagje bovenop doen?'

'Kijk, bedoelen jullie dit?' Yfke, die naast ons zat te tekenen, laat ons haar schetsblok zien. Daar staat inderdaad het jurkje zoals ik dat voor me zie. Ze heeft naar ons zitten luisteren en tekent wat wij bespreken!

Ik gil het uit: 'Fantastisch, dat is het helemaal! Oma, kunnen wij dit maken?'

Als oma Valentine het ziet zitten, dan geloof ik er ook in. Wij bladeren door de tijdschriften, bedenken variaties en Yfke tekent. Maar zelf heeft ze ook leuke ideeën en ik heb heel veel zin om dat allemaal uit te proberen. Ik vraag aan oma Valentine hoe ik de ideeën om kan zetten in patronen. Uiteindelijk hebben we verschillende kledingstukken die we naast de al bestaande modellen zullen aanbieden op Hyves en Facebook. We kopen stof en gaan ermee aan de slag. Ik moet ze uitproberen, kijken of het een goed model is, hoe het zit, maar vooral moeten er voorbeelden komen die online gezet kunnen worden.

'Ik zal in Amsterdam op zoek gaan naar mooie stoffen,' belooft oma Valentine. 'Volgens mij moet je nog even wachten met dat ene patroon... Ik heb een keer iets gezien, dat past daar heel mooi bij.'

En ondertussen werken we ook aan de opdrachten die er nog liggen. We maken lange dagen, maar ik vind het zó leuk!

'Jammer dat wij niet wat dikker zijn,' verzuchten Yfke en Thian. 'Dan konden wij ook van die leuke kleren aan.'

'Jullie zijn nu mijn medewerkers,' verklaar ik. 'Ik zal jullie in natura uitbetalen. Later!' Ik wijs op de stapel stof. 'Eerst al mijn opdrachten.'

Zo hebben we een supergezellige week die echt omvliegt.

Val komt zaterdagavond met haar ouders thuis. We hebben twee uur keihard gewerkt om de kamer op tijd opgeruimd te hebben. Val weet niet wat ze hoort.

Zij wil ook een taak. 'Geld! Ik doe het geld! Mag ik de financiën doen?'

Ik wist wel dat zij van rekenen houdt, en ben heel blij dat stuk uit handen te kunnen geven. Bij mij is twee en twee niet altijd vier. 'Nou, heel graag!'

Oma Valentine blijft nog een week, daarna moet ze toch echt terug naar Amsterdam.

'Ik neem wel wat naaiwerk van je mee. En ik kom over twee weken terug,' belooft ze. 'Met nieuwe stof.'

Ik ben helemaal gelukkig.

Fun & Fashion

Ik sta op met Bibi Xtra en ik ga ermee naar bed. Ik voel me groot. Xtra groot. Ik heb mijn eigen merk! Oma Valentine verrast me omdat ze echte labels heeft laten maken. Ze zijn paars met in witte letters 'Xtra' erop. Met een roze touwtje en een miniveiligheidsspeldje maak ik ze aan de zelfgemaakte kleren vast.

In de weken die volgen krijg ik het steeds drukker. Thian hoeft er niet eens veel voor te doen, al zit ze wel veel op internet om reclame te maken voor Bibi Xtra. De belangstelling is enorm. Ook op school, en algauw ook van de andere scholen in de stad. En er zijn flink wat meiden die iets bestellen.

Snel als een roddel is het rondgegaan dat ik een eigen bedrijfje heb. Er wordt over gepraat, mensen willen weten hoe ik dat aangepakt heb, willen ook graag weten wat het schuift, maar ze zeggen ook gewoon heel vaak: 'Goh, wat leuk dat je dat doet!'

Zelfs sommige leraren zeggen er iets van. 'Je bent een voorbeeld!' vond mijn leraar Nederlands, wat ik toch echt wel overdreven vind. En onze leraar economie vindt het helemaal fantastisch. Ik krijg een extra punt op mijn rapport, heeft hij al gezegd. 'Ondernemingsgeest moet beloond worden.' Wat ik niet erg vind.

Er is er nog steeds maar één (nou, twee misschien als je haar plakvriendin meerekent) die mij afkraakt. 'Ik snap niet dat al die dikke meiden meegaan in jouw fantasietjes,' zei ze laatst. 'Het lijkt werkelijk nergens naar wat jij doet.' En een andere keer raadde de in de nieuwste mode geklede Carien me aan: 'Ga nou maar niet met je neus in de lucht lopen. Je bent nog lang geen Stella McCartney. Kán niet eens met die tentzakken.'

Volgens mij loop ik niet met mijn neus in de lucht, en ik heb geen idee wie die Stella is. Ze is een van de modeontwerpers van Hennes en Mauritz, vertelde Yfke me later. Ik heb werkelijk geen moment gedacht dat ik als die Stella zou zijn. Ik ben gewoon mijn eigen dikke zelf, net als altijd, bovendien heb ik het te druk om over mezelf na te denken, dus hoe ze daarbij komt...

Nu kweelt Eylem: 'Of een Marlies Dekkers!'

Daarmee scoren de dames: Marlies Dekkers ontwerpt lingerie en daar wordt om gegiecheld.

Stom, maar ik maak me dus wel boos om de opmerkingen van die trut. Ze raakt me niet met mijn kilo's, maar van mijn zelfgemaakte kleren en mijn klanten moet ze afblijven!

Maar goed, ik heb veel werk. Mijn klanten zijn niet allemaal bereid langs te komen om hun maten te laten opnemen en te passen. Praktische Thian komt met de oplossing: oma Valentine legt met behulp van mij en een centimeter voor de camera uit hoe en waar je je omvang en lengte moet meten.

Op drie hoogtes legt ze een groen meetlint om mij heen. Rond mijn borsten, mijn taille, mijn heupen. En daarna natuurlijk langs al mijn lengtes. Vrolijk lachend in de camera onderga ik de uitkomsten in centimeters. Je bent zo dik als je je voelt!

In het filmpje spreek ik de meiden toe: 'Vraag of iemand bij wie je je prettig voelt deze maten bij jou wil opnemen. Vul ze in op het webformulier en mail mij dat, dan ga ik voor jou aan de slag. Je moet alleen wel eerlijk zijn, anders zit de top of het rokje alsnog te strak. En daar heb je alleen jezelf mee... Je kunt je ook door mij laten meten, en ik adviseer je altijd te komen passen. Eenmaal gemaakte kleding moet wel worden betaald.'

Thian maakt er een filmpje van met een link op onze Hyves- en Facebookpagina's. Geen idee wat ik moet doen als iemand mijn creatie niet zou betalen. Ik besluit me daar niet druk over te maken. Dat zien we dan wel. Ik vraag wel altijd adres- en mailgegevens van mijn klanten.

'Zo leuk om te zien, hoe trots jij op jezelf bent,' zegt Thian.

Oma Valentine heeft geen tijd meer om te rouwen. Afwisselend in Amsterdam en in de serre van huize Valerie-Valentine werkt zij aan onze bestellingen. Yfke krijgt de slag te pakken en samen met mij tekent ze nieuwe ontwerpen, die oma Valentine en ik uitwerken en naaien. Thian zegt op een dag dat ze ook wil leren naaien en doet de simpele naden en zomen.

'En mijn jurk?' vraagt Valerie-Valentine keer op keer. 'Wanneer maak je die jurk voor mij?' Maar ze snapt het wel als ik zeg dat ik nu geen tijd heb.

'Als je maar je best doet op een mooi decolleté,' grijnst ze.

Ik heb nergens tijd meer voor. Shoppen, snackbarbezoek, GTST, het behoort allemaal tot het verleden. Zelfs mijn zumbalessen sla ik uit tijdgebrek over. Alleen zorg ik er wel voor dat ik mijn schoolwerk niet verwaarloos.

Stel je voor dat mijn pa zegt: 'Bibi, heel erg leuk dat bedrijfje van jou, maar als je niet overgaat, is het einde verhaal.'

Het voorjaar gaat dus zo'n beetje aan mij voorbij. Ik zit veel binnen en zie alleen op weg van en naar school de tulpen bloeien en weer verdorren en de bomen groener worden. Een mens kan niet alles!

'We moeten in de pauzes maar zo veel mogelijk naar buiten gaan,' stel ik mijn vriendinnen voor zodra de temperatuur boven de tien graden komt. Zo ademen wij toch nog voldoende frisse lucht in. En wij, dat zijn de medewerkers van Bibi Xtra, aangevuld met Hasna en vaak nog wat meiden uit de klas, en soms een paar jongens.

In mei heb ik al zo veel verdiend dat ik een nieuwe naaimachine koop. Ik was toe aan een betere. Opnieuw geeft oma Valentine advies en een week later ben ik de trotse bezitter van een Brother, een nieuwe dit keer. Ik heb het vanaf dat moment liefkozend over 'mijn broertje'.

Bink raakt erdoor in de war. 'Ik ben je broer,' zegt hij dan, terwijl hij zich lang maakt. 'Ik, Boudewijn.'

Dat had ik misschien nog niet verteld, maar ook mijn echte broer heeft een klinkende naam die hij verafschuwt en heeft ingeruild voor een vlottere. Mijn arme ouders... hebben ze zó hun best gedaan op namen voor ons.

Hij kostte wel een vermogen, mijn Brother, maar ik had behoefte aan een hele goeie.

'Bedrijfsinvestering, mag je aftrekken van de belasting,' zegt oma Valentine tegen mij.

Ik weet niet precies wat dat betekent, dat stukje zal

mijn pa voor mij regelen. Ik heb het goed voor elkaar! Maar meer nog dan mijn zelf verdiende geld word ik blij van al die meiden die trots hun nieuwe kleren dragen, en zichzelf vol zelfvertrouwen laten zien op Hyves of Facebook. 'Mijn leven is helemaal veranderd,' schrijven ze me in een mail of in een bericht. 'In jouw kleren voel ik me mooi. Ik krijg zo veel positieve reacties, dat ik weer rechtop durf te lopen. Dank je wel!'

Maar niet iedereen is positief. Na een tijdje duiken er op Hyves en Facebook vervelende opmerkingen op als reactie op mijn tevreden klanten.

'Durft iemand dit mode te noemen?' staat er dan bijvoorbeeld. 'Mens, koop de echte merken.' Of wat vind je van deze: 'Dik is lelijk. Echt, het ziet er niet uit. Dik-zijn kun je niet verbloemen met een raar model jurk.' Wie is er zo boos op ons? 'Jullie hebben het recht niet jezelf mooi te noemen. Ga naar de sportschool in plaats van je kilo's zo uit te stallen!' Waar halen ze het recht vandaan zoiets te schrijven! 'Zielig zijn jullie! Het schoonheidsideaal is nog altijd maatje 34, hoor. Kijk naar de echte modellen! Kijk naar Doutzen, Karen, Cindy, Naomi, noem ze maar op.'

Wij halen onze schouders erover op en Thian verwijdert de opmerkingen onmiddellijk, maar altijd wordt er een nieuwe sneer geplaatst: 'Artistiekerig? Welnee, het háált het niet bij Iris van Herpen of Spijkers en Spijkers.' Eén keer stond er zelfs: 'Zulke maten, dat kun je geen mode meer noemen. Dat jullie je niet schamen!'

'Niets van aantrekken,' zeggen Yfke en Thian. 'Allemaal jaloezie.'

Jaloezie? Dat iemand jaloers op mij kan zijn, is een nieuwe ervaring en niet onprettig moet ik eerlijk zeggen, maar in de aanloop naar de zomer krijg ik flink de balen van deze opmerkingen. Ik weet het, helemaal niet verstandig, maar dikke mensen zijn ook maar mensen.

En dan is er ineens die zonnige middag. Wat ik dan zie, gaat me echt te ver. In een tussenuur blader ik in de 'Fun & Fashion' om inspiratie op te doen én om op de hoogte te blijven van wat er in de modewereld gebeurt. Zowel oma Valentine als Melody hebben gezegd dat dat belangrijk is.

'Jij bent heus de enige niet die met mode bezig is,' zei Melody.

Dat had ik ook helemaal niet gedacht, maar ik hield mijn mond.

'Dus moet je weten wat de anderen doen,' ging ze verder.

Die snapte ik niet. 'Waarom dan? Ik doe toch gewoon mijn ding en de anderen ook?'

'Trends!' zei Melody met een overgave die ik prachtig vond. 'Je moet het opmerken als de ontwerpen van de groten der aarde worden gekopieerd. Iedereen maakt gebruik van wat de grote namen bedenken, dus jij ook. Je moet meegaan in wat in de mode is en er vervolgens je eigen stempel op drukken.'

Wij – mijn klantenkring en ik – zijn ook een soort groten der aarde, bedenk ik nu, maar die bedoelde Melody waarschijnlijk niet. Maar wat heeft ze nu precies gezegd?

'Dus mode is wat in de mode is,' zei ik. 'En die mode moet je maken.'

Melody zuchtte. 'Zoiets.'

Nou is 'Fun & Fashion' een leuk blad, het is helemaal

niet erg daar wat in te lezen. In feite is dat mijn enige ontspanning. Er staat heel veel mode in, maar ook allerlei lifestyle artikelen rondom kleding en gezondheid en uiterlijk.

Tot ik dus op die kwade dag een advertentie zie staan. Omdat het prachtig weer is, zitten we met de hele klas op het gras naast de school. Vaak maak ik mijn huiswerk als ik een tussenuur heb, maar vanmorgen heb ik de nog ongelezen F&F in mijn tas gestopt, alsof ik een voorgevoel had dat ik tijd zou hebben om erin te bladeren.

Ik zie dus die advertentie waarop een meisje staat afgebeeld. Blij roep ik uit: 'Hé, eindelijk een mollig model!'

Het meisje zit op het strand, leunend op haar rechter arm, met haar benen naar links gebogen, niet echt een ontspannen houding om een zonnebad te nemen, maar goed. Om haar heen: zon, zee, blauwe lucht. Prachtige bikini in de kleuren blauw en geel, die haar vetrollen ongegeneerd vrijlaat. En zo te zien heeft ze haar buik al vaker aan de zon bloot gesteld.

Inmiddels hebben Hasna, Val, Yfke en Thian hun hoofd van de zon afgewend. Ze kijken naar mij, Hasna blij – zij realiseert zich de waarde van zo'n model – de anderen gewoon geïnteresseerd.

Maar dan zie ik de tekst boven de advertentie: 'Durf jij in bikini deze zomer?'

Het is reclame voor een afslankmiddel. Met afschuw besef ik dat ineens. Want: 'Neem Vendetta!' schreeuwt de tekst verder. 'Ga de strijd aan met het vet en kom als overwinnaar tevoorschijn!' Ik kreun. Dit is te erg!

'Wat is er?'

Hasna, Val, Yfke en Thian komen om me heen staan.
'Kijk maar!'
Er komen meer meiden kijken, en ze zeggen: 'Belachelijk! Dit kan toch niet! Die lui zijn gek. Trek het je niet aan, Bibi!' De jongens grijnzen schaapachtig.
Maar ik trek het me wel aan! Zittend op dat gras voel ik me dodelijk beledigd. Ik spuug gal. 'We worden te kijk gezet! We worden als iets verwerpelijks neergezet!'
Thian probeert me te sussen, maar dan ineens zie ik dat Carien erbij is komen staan. Weet je Carien nog? Magere Carien, bevriend met de net zo dunne Eylem? Mooie, maar akelige meiden met lelijke opmerkingen? De enigen in de klas die mijn kleding *niet* mooi vinden. 'Je bent en blijft een dikkerdje, of je nou een mooi jurkje aantrekt of niet,' giechelden die twee een keer.

We gaan altijd zo ver mogelijk bij elkaar vandaan zitten, en ik doe altijd mijn best haar opmerkingen niet te horen, maar nu ontkom ik er niet aan: 'Hilarisch, zo'n dikkerd!'

Eylem staat naast haar en ze lachen me vierkant uit. Kijk, die triomfantelijke smoelwerken! Ik krijg zin die zelfvoldane grimassen van hun gezichten te slaan, maar zo ben ik niet opgevoed (slechts op één punt kunnen mijn ma en ik ons niet beheersen). Ik knijp hard in mijn vuisten. Rustig, Bibi, rustig! Niet reageren! Ze zijn het niet waard, probeer ik mezelf te kalmeren.

En dan bekruipt me ineens het gevoel dat die opmerkingen op Hyves wel eens van hen afkomstig kunnen zijn. Dat komt zomaar in me op, en misschien sla ik de plank wel helemaal mis, maar ik zal Thian de komende tijd opdracht geven goed op te letten op de nicknames van de afzenders, of er misschien een aanwijzing voor hun identiteit te ontdekken valt. En misschien moeten we wat voorzichtiger zijn wie we toevoegen.

Ik sla het tijdschrift dicht en de klas praat alweer over een nieuw onderwerp, maar de blik in de ogen van Carien en Eylem ben ik niet zomaar kwijt.

Waarschuwing

Ik heb het razend druk en de tijd vliegt voorbij. De opdrachten stromen binnen. Ik kan niet anders zeggen: Bibi Xtra is een succes! Van het geld dat ik verdien koop ik nieuwe stoffen, de rest zet ik op de bank. Oma Valentine helpt me, maar dan nog kan ik niet alles maken wat ik zou willen naaien. Ja, je hoort het goed: ik kan niet aan de vraag voldoen. Ik heb een wachtlijst. Als ik mijn lieve vriendinnen niet had, zou ik gek worden. Zij nemen mij werk uit handen, en – niet onbelangrijk – we maken samen huiswerk. We hebben heel wat proefwerken in onze agenda's staan, want het eindrapport komt eraan. Hasna sluit zich bij ons clubje aan. Zij kan goed leren, en als zij ons iets uitlegt, dan snappen we het ineens, en blijft het beter in onze hoofden hangen. Misschien hebben we het wel aan haar te danken dat we allemaal overgaan. Ook Yfke, die het door haar dyslexie pas echt moeilijk heeft. Maar we redden het! Voor ik het weet is het zomervakantie.

'En je gaat niet de hele zomer naaien, hoor,' zegt mijn ma. 'Je kunt wel overspannen raken. Je moet ook om je rust denken en bijtanken!'

Maar als ik niets doe – hoe doe je dat ook alweer? – voel ik me doodongelukkig. Ik hang wat rond, knabbel op nootjes of eet de koelkast leeg. Mijn ma roept dus algauw: 'Ga alsjeblieft weer naaien!'

Nou scheelt het wel dat oma Valentine een paar weken met een vriendin op reis is, en ook mijn medewerkers gaan op vakantie. Nou ja, het is gewoon vakantietijd, dus er komen even geen nieuwe opdrachten binnen. Ik heb alle tijd om te maken wat er nog aan bestellingen ligt en kijk weer wat tv.

Ook moet ik mijn belofte aan Valerie-Valentine nog inlossen, dus naai ik deze zomer eindelijk een feestjurk voor haar. De jurk heeft een fraai decolleté, want ik heb van oma Valentine geleerd dat ik de kleren van mijn klanten geen lage hals moet geven, maar Valeries voorkant vraagt erom.

Ook mijn andere trouwe medewerkers krijgen hun 'loon': Yfke wilde een zomerjurkje, Thian een rokje met zomers topje. Gek, hoor, die kleine stukjes stof aan elkaar naaien.

Zelf gaan we twee weken weg, mijn ouders hebben een huisje op Terschelling gehuurd. We hebben geluk met het weer, dus we kunnen er veel op uit. Mijn naaimachine blijft thuis.

Wie ook thuis blijft, is Thian, dus bij hen kan ik altijd binnenvallen voor een praatje en een Vietnamees hapje.

Thian maakt dat ik tegen het einde van de vakantie weer veel achter de naaimachine zit. Zij verveelt zich, zij wil meer doen dan in mijn opdracht zomen naaien en afwerken: ze wil echt leren naaien. Ik geef haar mijn oude machine te leen, en voor ik het weet ben ik weer volop bezig.

Half augustus moeten we weer naar school. We zijn nu vierdeklassers, we hebben onze examenvakken gekozen en zitten nog maar een paar lessen bij elkaar in de klas.

Al de eerste week op school is het gesprek van de dag het jubileumfeest. Onze school bestaat in september vijftig jaar en dat wordt groots gevierd. Behalve een reunie voor oud-leerlingen wordt er een feestavond georganiseerd waarop iedereen zijn talent mag laten zien. Nu kun je bij ons muziek, tekenen en handvaardigheid als eindexamenvak kiezen. Wil de schoolleiding daarom laten zien hoeveel talent er bij ons zit?

'Doen wij ook iets?' vragen mijn vriendinnen zich af.

'Ik niet,' reageer ik direct. 'Ik kan niets.'

Ze beginnen alle drie te lachen, en nog heb ik niets door.

'Nee,' leg ik een beetje gepikeerd uit. 'Ik kan niet zingen, ik dans niet, ik speel geen instrument. Jij kunt mooi gitaarspelen, Val! En Yfke kan haar tekeningen inleveren voor de expositie en Thian...'

Ik kan mijn zin niet eens afmaken. 'Dit is je kans, Bibi!' roept Val ineens. 'Jij moet een modeshow geven!'

Drie paar ogen zijn verwachtingsvol op mij gericht. We praten al langer over een modeshow. Melody, die altijd geïnteresseerd naar mijn bedrijfje vraagt, kwam daar laatst mee. 'Elk zichzelf respecterend modeontwerpster showt van tijd tot tijd haar ontwerpen,' zei ze. 'Je móét een keer zoiets organiseren. Daarmee zet je jezelf in de picture.'

Ik twijfel nog even. 'Zou dat wel kunnen op school? Denken ze niet meer aan zingen of toneelspelen, dat soort talenten?'

'Zou raar zijn,' vindt Yfke. 'Jij hebt net zo goed een talent.'

'En waar haal ik modellen vandaan?'

'Je hebt klanten genoeg!'

'Zouden die dat wel willen?' twijfel ik. 'Je laat wel naar je kijken... Eerst Hasna vragen!'

We zoeken haar op. 'O leuk!' reageert ze spontaan. 'Tuurlijk doe ik mee.'

'Zie je wel?!' zegt Yfke. 'Kom mee, we gaan het vragen.'

'Nee,' verbetert Val haar, 'we gaan ons opgeven!'

En zo komen we op het programma te staan voor de feestdag van het 50-jarig bestaan van het Bonnema College. Het was nog wel even spannend of onze deelname door kon gaan, zo veel mensen hadden zich opgegeven. Maar gelukkig krijgen we een lokaal toegewezen tijdens het middagprogramma. In die gang zijn ook de exposities – inclusief tekeningen van Yfke! – en nog wat optredens van mensen die niet op een groot podium willen staan. 's Avonds is er het 'hoofdprogramma' in de kantine, met na afloop disco!

Vanaf dat moment zijn we druk met de voorbereidingen. We moeten iets van een catwalk organiseren, we hebben modellen nodig, de kleding moet gekozen worden, en ik wil er een echte show van maken, met muziek en goede belichting.

Natuurlijk vraag ik de meiden uit mijn klantenkring als model, te beginnen bij Hasna, Adilah en Cecile. Zij kunnen dan mooi hun eigen kleren laten zien, plus natuurlijk een aantal van mijn mooiste creaties.

'Mogen wij ook meedoen?' Klasgenoten horen ons over de modeshow praten en ze zien het kennelijk wel zitten. Maar helaas!

'Als je in drie weken tijd minstens tien kilo kunt aankomen,' zeg ik, 'dan mag het.'

'Het is veel overtuigender als je echte modellen mee laat lopen!' roept Carien ineens.

Ik draai me met tegenzin naar haar. 'Hoe bedoel je: échte modellen?'

'Maatje 34. Dát maakt indruk.'

'Mijn *kleren* maken indruk,' corrigeer ik haar. 'Bovendien pas jij helemaal niet in mijn...'

'Een combinatie dan?' onderbreekt ze me. 'Ik kan ook wel iets showen. Ik draag veel...'

'Dank je wel voor het aanbod,' kap ik haar af.

'Met de echte merken kun je scoren.'

'Maar het gaat om een modeshow van Bibi Xtra. Ik heb genoeg om te laten zien.'

'Het publiek komt heus niet voor soepjurken.'

'Mee eens,' sis ik. 'Maar wel voor *mijn* kleren. Ik laat ze *mode* zien.'

'Je denkt toch niet dat je dáármee kunt scoren?!' Carien knijpt haar ogen een beetje dicht. 'Je laat die modellen voor gek lopen. Ze zullen uitgelachen worden. Je zet onze school gewoon te kakken. Wie heeft er nou ooit gehoord...'

Dat maakt me opnieuw zo kwaad! Ik draai me om en loop bij haar weg.

'Ik heb je gewaarschuwd!' roept ze me achterna.

Modeshow

Het jubileumfeest is op een zaterdag. Al dagen van tevoren ben ik zenuwachtig. Ik heb nog iets nieuws genaaid waarmee ik aan het slot van de show wil knallen, maar dat ik nog af moet maken. Ik mail een paar keer per dag met iedereen die aan onze show meewerkt. Overal op mijn kamer liggen lappen en kleren, want ik gun mezelf geen tijd om op te ruimen. Okki, onze kat, die normaal gesproken helemaal niet meer op mijn kamer mag komen sinds ik voor klanten naai omdat hij zijn nagels in de stof zet, is een keer aan mijn aandacht ontsnapt en heeft er lekker op liggen pitten.

Voor Leila heb ik een jurkje met maar één mouw gemaakt, dat rond haar middel is opgevuld met watten. Zo lijkt ze een stuk dikker. Ik maak haar outfit af met losse lappen, zoals ik dat steeds doe. Leila doet ook mee, namelijk.

Op vrijdagmiddag mogen we in het lokaal onze catwalk in elkaar zetten. De vader van Val helpt ons met stevige planken een verhoging in het lokaal te maken met behulp van de gymnastiekbanken, die we voor het goede doel allemaal naar dit lokaal hebben gesjouwd. Ik heb op Marktplaats een heuse rode loper gescoord, die we uitrollen over de verhoging en waar mijn modellen overheen zullen lopen. De muziekleraar heeft voor mij voor elkaar gekregen dat ik een paar spots mag lenen die 's avonds bij een toneelstuk gebruikt gaan worden. Met Vals vader samen zet hij alles op zijn plek, inclusief de muziekinstallatie. Val staat er met haar neus bovenop.

Aan weerszijden van de catwalk zetten we rijen met stoelen. Thian hangt posters van Bibi Xtra aan de muur en Yfke legt overal in school flyers neer. We hebben ons best erop gedaan en zijn tevreden met het resultaat. Dit is de tekst:

Ben jij ook mooi rond en heb je ook een maatje meer?
Ben jij ook altijd op zoek naar leuke kleren? Dan ben jij
typisch iemand voor Bibi Xtra. Dus kom kijken naar de
grote Bibi Xtra Modeshow. Je bent welkom om 4 uur in
lokaal 105. Xtra leuke kleren voor Xtra grote meiden!
Wil je onze kleding rustig terugzien? Of iets bestellen?
Check ons op Facebook of Hyves.

Als wij om zes uur de school uit moeten, kijk ik tevreden rond. Ik denk aan het warme eten dat mijn ma nu aan het koken is en heel even verdwijnen de zenuwen uit mijn buik.

Ik werk die avond nog een tijd aan de feestjurk die ik morgen tot slot wil showen en na een nacht waarin ik vooral hazenslaapjes heb gedaan, zijn we zaterdagochtend weer present. Een voor een arriveren de zeven modellen: Hasna, Adilah, Cecile, Tess, Jasmijn, Danique en Amber. In het lokaal naast het onze hangen ze de kleren die ze gaan showen zorgvuldig aan de kledingrekken die ik heb gehuurd en waar mijn kleren al klaar hangen.

'O, die is mooi! Prachtig, Bibi! Wie mag die aan?'

Ze bewonderen mijn droomjurk, die Hasna mag laten zien. Ik ben blij met hun reacties, ik heb erg mijn best gedaan op de jurk! Naast het kledingrek, bij de make-up, heb ik een grote pot drop neergezet tegen de zenuwen. Ik heb ook nog een voorraadje in mijn tas die ik kan aanspreken als dit eerder op is dan verwacht.

'Hatsjoe!' doet Amber.

'Gezondheid!' zeggen wij in koor.

Dan kunnen we oefenen. Onwennig doen de meiden hun eerste passen op de catwalk.

'Oeh, eng,' roept Hasna. 'Ik heb hoogtevrees.'

Ze moeten nog een beetje uitvinden hoe ze moeten lopen. Cecile probeert haar voeten in een rechte lijn voor elkaar te zetten. Haar gezicht is één en al concentratie en ze schommelt enorm.

'Doe maar gewoon, Cecile,' zeg ik. 'Wij dikke meiden kunnen beter niet zó lopen.'

Ze trekt een pruillip. 'Ja, maar dat hoort toch zo.'

'Wij doen het op onze eigen manier,' zeg ik.

'Dit ís mijn eigen manier,' brengt Cecile daartegen in.

'Hoe loop je in het dagelijks leven? Hoe loop je normaal door school heen? Ja, dat ziet er veel beter uit. Nou kijk je ook veel meer als jezelf. Net zag je eruit alsof je een moeilijk proefwerk zat te maken.'

Danique kijkt onder het lopen naar haar voeten en Tess kijkt zo strak voor zich uit dat ze bijna van de catwalk afdondert.

'Ho! Niet verder!' roep ik net op tijd.

Het ziet er niet uit, hoe ze lopen. Misschien moeten ze toch eerst iets van de modeshow-kleren aantrekken.

Ik stuur ze naar hiernaast.

De muziekleraar heeft Jelmer, een technische jongen, naar ons toe gestuurd en die legt Val ondertussen van alles uit over de belichting. Ik zie dat Val geconcentreerd naar hem luistert.

'Ik vind het maar niets dat wij die jongen nodig hebben,' fluistert ze mij even later in het oor. 'De volgende keer doe ik dit allemaal zelf,' belooft ze. En dan voegt ze eraan toe: 'Al is hij wél leuk.'

De meiden komen terug en nu gaat het lopen veel beter. De kleren doen iets met hen, ze stralen ineens het plezier en het zelfvertrouwen uit dat ze door het dragen van de kleren van Bibi Xtra hebben verworven.

Val en Jelmer proberen het licht uit. Ik kijk en kijk: ik weet ook nog niet zo goed hoe ik alles wil hebben. Het is mijn eerste show, tenslotte. Gelukkig hebben we de tijd om dingen uit te proberen en Jelmer is geduldig.

'Hatsjoe!' doet Amber weer.

'Proost!' roepen de anderen.

De conciërge komt langs met thee en koffie en dan komt iedereen om me heen staan en spreken we de volgorde door. Die had ik al voor de meiden op de mail gezet, maar Hasna heeft dat niet gezien. 'Ik zal een kopie maken,' beloof ik, 'en ophangen in het lokaal.'

'Geef maar,' zegt Yfke en ze doet het al voor me.

'Dus...' Ik kijk de meiden aan. 'Yfke is voor de regie. Ben je vergeten wanneer je op moet, of op welk moment, Yfke weet het ook. Houd haar aanwijzingen in de gaten. Thian en ik helpen jullie met omkleden. Ha! Daar is ze, mooi, dan kunnen we beginnen met kappen en make-up.'

Iedereen verlaat het lokaal met de catwalk. Thian zal

de meiden opmaken en hun haar doen, bijgestaan door Yfke. Amber wrijft voortdurend in haar ogen. Is ze zó zenuwachtig?

Ik heb een eigen klusje te doen: een geschikt plekje voor Leila vinden. Val moet lachen als ze de dikke Leila ziet. We zetten haar achter de catwalk, waar Val straks haar commentaar zal geven.

'O, je hebt geen microfoon!' roep ik verschrikt uit. 'Helemaal vergeten!'

'Ik zoek Jelmer wel op,' zegt Val en weg is ze. En tot mijn grote ergernis blijft ze een behoorlijke tijd weg. Maar eigenlijk heb ik geen tijd om me druk te maken over Val. Zij heeft straks pas weer een taak.

Ik ga weer naar hiernaast, waar de meiden zich omkleden.

'Willen jullie checken of je alles bij je hebt en of alles in de goede volgorde hangt?' vraag ik.

'Hatsjoe!' Amber niest weer, en ze voegt er direct aan toe: 'Zeg maar geen proost. Anders blijf je aan de gang.'

'En hebben jullie het omkleden geoefend?' ga ik verder. 'Want het moet snel!'

Ze knikken. Ik kijk naar de modellen. Iedereen is anders in haar dik-zijn, zie ik. Mooie meiden zijn het, ik ben trots op ze!

Wie doet zoiets?

Ik kijk op mijn horloge. De tijd gaat snel. Ik wil beginnen met de generale repetitie, maar zie dat bij een van de meiden een naad is gescheurd en pak mijn etuitje met naald en draad. 'Over tien minuten klaarstaan!' Amber niest nu aan één stuk door, maar ik let er eigenlijk niet op. Ik ga bij iedereen langs om hun kleding te checken en dan wil ik alles achter elkaar oefenen. Val is op het nippertje terug met een microfoon, de deur naar de gang gaat dicht en Yfke zet de muziek aan. Hasna stapt als eerste het podium op. Als ik Amber proestend over de catwalk zie lopen, schrik ik van haar rode ogen.

'Stop! Amber, wat is er?'

'Hatsjie! Het lijkt op een allergische aanval, maar dat kan niet.' Ze niest een paar keer. 'Hier zijn geen katten. Hatsjie!'

Okki! In een flits zie ik hem heerlijk liggen knorren boven op mijn lappen en jurken. Amber heeft een kledingstuk van mij aan. Ik loop op haar af en klop met mijn hand over de plooien van haar rok. Kattenharen dwarrelen naar de grond.

'Ben jij allergisch voor katten?' vraag ik.

'Heel erg!' Amber proest vier keer achter elkaar.

'En als we de kleren goed uitkloppen? Stop je dan met niezen?'

'Het duurt altijd een poosje voor ik weer normaal ben...'

Ze ziet er niet uit met die rode ogen en een snottebel. Waar haal ik zo gauw een ander model vandaan? Of doe ik het met één meisje minder? Ik besluit tot het laatste. Ik kijk wie zo'n beetje dezelfde maten heeft, geef Hasna en Tess opdracht ook de kleren van Amber aan te doen en we gaan door met het oefenen van de show. Dan slaat het lot opnieuw toe. Cecile, die hoge hakken aanheeft bij de jurk die ze als laatste wil showen, stapt het podium af en zwikt.

'Au au au au au!' Ze grijpt naar haar enkel. Yfke vangt haar op en Cecile laat zich op een stoel vallen. Tranen stromen over haar wangen. Ze heeft pijn, dat is duidelijk, veel pijn.

'Ik ga de conciërge halen.' Yfke rent het lokaal uit.

Ik bijt nerveus op mijn lip. Twéé modellen minder? We staan om Cecile heen die dapper dwars door haar tranen heen zegt: 'Straks gaat het wel weer, hoor!'

De conciërge voelt voorzichtig aan haar enkel en ik zie Cecile wit wegtrekken. 'Niets gebroken,' zegt hij. 'De voet kan nog alle bewegingen maken. Ik haal koud water, dan kun je hem afkoelen, goed tegen de pijn en goed tegen zwellingen.' Hij kijkt Cecile aan. 'Maar misschien is het wel een goed idee je ouders te bellen en in het ziekenhuis voor de zekerheid een foto te laten maken.'

'Nou, Bibi, nu moet je toch zelf meedoen.' Yfke kijkt me aan.

Dat was ik helemaal niet van plan. Ik wil ervoor zorgen dat de kleren bij iedereen goed zitten, dat kan niet als je zelf ook loopt. Wie moet dan de laatste check doen?

'Nee, ik ga op zoek naar een nieuw model.'

Nadat Cecile haar ouders heeft gebeld, kijkt ze met haar voet in een emmer toe naar het vervolg van de show die nu helemaal onder leiding van Yfke staat, terwijl ik met een licht schuldgevoel door de school loop. Ik heb Cecile er niet van weerhouden die hoge hakken aan te trekken.

Het is overal druk, de reünie is al in volle gang. Mensen van alle leeftijden lopen rond of staan in groepjes te praten. Ik zie veel rimpels en grijze haren, wat er op school vreemd uitziet. Zouden er wel 'echte' leerlingen te vinden zijn? In de hal zie ik een mollig meisje de school binnen komen. Misschien niet dik genoeg, maar ik kan nu niet kieskeurig zijn. Ik ken haar niet, dus spreek ik haar aan met: 'Zit jij hier op school?'

'Ja, natuurlijk, wat zou ik hier anders doen? Zie ik eruit als een oud-leerling?' zegt ze gevat.

Ik leg uit wat ik van haar wil, en ze kijkt me aan of ik gek ben. 'Een modeshow met dikke modellen? Ben jij wel goed bij je hoofd? Dank je lekker, ik ga niet voor joker staan.'

Een moment weet ik niet wat ik moet zeggen – en dat komt niet zo vaak voor. Ze loopt bij me weg en ik kijk naar haar wiegende achterste. Ze is niet goed gekleed, gaat door me heen. Zo'n soepjurk is géén gezicht. Wat er nog meer door me heen wil gaan, laat ik niet toe. Niet op dit moment.

Dan ga ik de kantine in waar leerlingen koffie en thee schenken. Tot mijn opluchting zie ik ook daar een meisje lopen dat in aanmerking komt. Ze heeft een dienblad met broodjes in haar handen.

'Hé hoi,' vraag ik haar aandacht. 'Heb jij iets te doen?

Wil jij met ons meedoen met de modeshow?'

Ze draait me om en kijkt me niet-begrijpend aan. 'Of ik iets te doen heb?' vraagt ze.

Ja, inderdaad, stomme vraag! Ik ben wel op mijn best vandaag, zeg... 'Kun je gemist worden, bedoel ik. Ik heb een probleem en jij zou dat voor me kunnen oplossen.'

En ik leg in het kort uit wat er aan de hand is.

'Bibi Xtra? Ben jij Bibi? Wat leuk, ik heb over je gehoord,' reageert ze spontaan. 'Ik wil graag meedoen, wacht!' Ze gaat met de broodjes terug naar de keuken en komt even later zonder dienblad weer tevoorschijn.

'Het kan hoor. Er zijn er genoeg die meehelpen hier.'

'En hoe heet je?'

Opgelucht neem ik haar mee naar boven, naar ons lokaal. Bij de deur stel ik haar voor. 'Meiden, dit is Amy, onze reddende engel.'

Ze wordt enthousiast ontvangen en dat stekende angeltje van net druk ik weg. Ik wijs Amy haar kleren. Ze trekt onmiddellijk iets aan, en omdat ze smaller is dan Cecile maak ik met spelden de jurk op maat. Met omkleden straks moet ik in haar buurt blijven, denk ik.

Cecile strompelt alweer rond, zie ik nu.

'Het valt wel mee hoor,' zegt ze met een hoopvolle glimlach, maar ik zie aan haar manier van lopen dat ze nog pijn heeft.

'Gelukkig, maar je kunt zo echt de catwalk niet op.'

Op dat moment begint er iemand te gillen. 'O, nee! O, vreselijk! Bibi! Kom eens kijken!'

Het is Hasna die met mijn feestjurk in haar handen staat te schreeuwen. Ik ontdek onmiddellijk de volgende ramp: er is in de stof geknipt! Eén schouderbandje is doormidden geknipt, er is in de hals geknipt en er zitten scheuren in de rok!

Mijn mond valt open. Sabotage! Dat kan niet anders. Dit is geen ongelukje omdat een model per ongeluk ergens aan is blijven haken.

'Ik wilde hem net aantrekken,' zegt Hasna met een bibberstem. 'Wat zonde, kijk nou toch!'

'Hoe kan dat? Wie doet zoiets?' vragen een paar meiden zich verontwaardigd af. Ze zien dus allemaal dat het opzet is.

'Carien!' Ik spuug de naam met heel veel afschuw uit.

'Carien? Denk je echt?' Hasna, Val, Yfke, Thian, iedereen kijkt mij aan.

'Zij is de enige die hiertoe in staat is. Zij is de enige die mij dit wil aandoen. Wat riep ze laatst? Weten jullie dat nog?' grom ik.

'Ik heb je gewaarschuwd...' zegt Val met een gevaarlijk boze stem.

'Ja, dat zei ze,' bevestigt Hasna.

'Je hebt geen bewijs,' merkt Thian zacht op. 'In theorie kán het iedereen zijn.'

Val schudt resoluut nee. 'De praktijk heeft wel uitgewezen dat zij geen fan van Bibi is.'

'En dan doe je zoiets?' Mijn meiden zijn verbijsterd.

'Wie is Carien?' vraagt Tess.

Nu moeten we eerst iets uitleggen aan de rest van de modellen.

'Hou me vast, Val,' zeg ik omdat ik heel duidelijk de neiging voel de school in te rennen op zoek naar de schuldige.

'Blijf! Dat heeft geen enkele zin,' beveelt ook Yfke die kennelijk aan mij ziet waar ik aan denk.

'We hebben nog een kwartier. Kún jij die jurk repareren?' vraagt Val.

'Verzin, iets, Bibi!' zegt ook Yfke. 'Ik ga nog even met Amy oefenen, en daarna met iedereen de laatste ronde, Hasna moet zolang iets anders aan, en dan moeten we de "zaal" openen voor het publiek.' Ze maakt het bijbehorende gebaartje.

Ik was van plan geweest met deze jurk te knallen. Het mooiste bewaar je tot het laatst. Maar wat nu? Ik sta met de gescheurde jurk in mijn trillende handen en denk: *oma Valentine, wat zou jij doen?*

Hasna's jurk opeten

Het lokaal zit maar halfvol. De stoelen worden bezet door onze vaders en moeders, oma's, zussen en vriendinnen. Oma Valentine is er natuurlijk ook bij! Daar ben ik heel blij mee, dat ze wilde komen. Ze zit naast de ouders van Val. Cecile, met haar voet op een krukje, zit er ook met haar ouders. Ze heeft hen ervan kunnen overtuigen dat haar enkel niet zo erg is gekneusd dat ze naar het ziekenhuis moet. Ze wil onze show natuurlijk niet missen! Aan de andere kant van Cecile zit Amber, nog steeds met rode ogen.

Yfke is gastvrouw en begroet iedereen vriendelijk. Verwachtingsvol wordt er met elkaar gepraat tot het gaat beginnen. Op het laatste moment schuiven een enkele lerares en een paar van onze klasgenoten binnen. Op de achtergrond klinkt muziek, de spots zetten de nog lege catwalk in het licht. Daar lopen straks hun dochters, kleindochters, klasgenootjes en hartsvriendinnen. Ze vinden het allemaal zó leuk dat de modeshow bij voorbaat al niet meer stuk kan.

Ik denk tenminste dat het er hiernaast zo uitziet. Ik denk dat de mensen hiernaast zo denken. Ik hóóp dat ze zo denken...

Want ik sta in het kleedlokaal met mijn modellen die in hun eerste outfit zenuwachtig wachten tot ze kunnen beginnen. Thian doet hier en daar nog iets aan hun haar en ik frunnik aan de kleren. Ondertussen ben ik ook nog bezig met de reparatie van de jurk, zo goed en kwaad als het kan met dit bijzondere reparatiemateriaal, al zeg ik het zelf. Maar dat was nou eenmaal het enige wat ik had. De meiden hebben met open mond staan kijken... Verbaasd, of omdat het reparatiemateriaal nu aan hun mondje voorbijging?

Valerie-Valentine heeft zich omgekleed in de feestjurk die ik van de zomer voor haar gemaakt heb en staat klaar bij de deur. Eindelijk komt het startsignaal. Yfke wenkt, Val loopt de gang op en gaat als eerste het lokaal met de catwalk in. Ze stapt bevallig op de rode loper en een applaus klinkt op. Ik loop achter haar aan en blijf bij de deur staan kijken hoe ze de T-vormige catwalk over loopt, linksaf slaat, buigt, omkeert en aan het einde van het dwarsstuk rechts naast Leila gaat staan. Ze pakt de microfoon.

'Welkom iedereen bij de modeshow van Bibi Xtra! Dit is de allereerste keer dat u kennis kunt maken met de eigen kledinglijn van een van de leerlingen van onze school, de superjonge modeontwerpster Bibi!'

Ze zegt niet 'ontwerpstur', maar geeft de é een accent zodat ze mij bij voorbaat een ster noemt: Bibi is modeontwerp-stér. Ik luister naar Vals praatje, waarin ze vertelt hoe Bibi Xtra is ontstaan, en zie nu pas hoe ons lokaal er in werkelijkheid uitziet. Het zit bomvol! Er zijn stoelen bijgeschoven en mensen staan schouder aan schouder tegen de wand geleund. Er zijn veel onbekenden! En nog steeds komen er mensen bij en Yfke, in haar rol als gastvrouw, nodigt de mensen uit iets in te schikken. Wat een belangstelling!

'Alles wat onze speciale modellen dragen...' hoor ik

Val op dat moment zeggen. Ze gaat uitleggen hoe ik bij mijn ontwerpen ben gekomen en ineens slaat de twijfel toe. Dat meisje van net, dat ik aansprak toen zij de school binnenkwam, zou zij gelijk krijgen? Ik vind dikzijn normaal, maar wat ik doe is misschien niet normaal. Ik raak in paniek door die gedachte. Zouden de mensen het niet gek vinden en mijn modellen gaan uitlachen, of erger, uitschelden? *Wat doe ik deze meiden aan?!*

Ik speur de gezichten af en zie dan oma Valentine zitten. Precies op dat moment kijkt ze om. Ze ziet mij en steekt haar duim op. Mijn houvast! Ik kan en mag nu niet twijfelen!

Mijn blik glijdt naar Val en dan toch weer terug naar het publiek, en dan zie ik een groot deel van mijn klas zitten. En tussen hen zitten Eylem en Carien!

Ik voel mijn spieren verstijven. Mijn handen worden vuisten en er komt iets omhoog vanuit mijn maag. Jakkes! Ik slik en ik slik. Even heb ik het gevoel dat ik erin stik. De terugkerende nachtmerrie van ons allemaal – uitgelachen worden omdat we dik zijn – zou die nu echt gebeuren? Zou Carien gelijk krijgen? Wil ze getuige zijn van mijn afgang? Of gaat ze de boel nog meer saboteren? Moet ik Val vragen even te wachten en Carien wegsturen? Maar hoe leg ik dat uit...?

Ik zoek oma Valentine weer op tussen het publiek, maar die luistert aandachtig naar haar kleindochter. Even, heel even voel ik mij in dat overvolle schoollokaal helemaal alleen. Als er iets misgaat, is het mijn schuld, en mijn schuld alleen. *Ik* ben hiermee begonnen! Het is *mijn* verantwoordelijkheid!

Dan klinkt applaus voor Valerie en weet ik dat ik

de meiden moet halen. Het kan niet anders: *the show must go on.*

Ze staan in de juiste volgorde, Hasna voorop. Ze draagt een broek waarvan de rechterpijp korter is dan de linker waardoor haar mooie rode zomerschoenen goed te zien zijn. Zoals afgesproken blijven de andere meiden achter de deur staan, en alleen Hasna stapt de catwalk op, begeleid door muziek én Vals uitleg. Hasna loopt perfect de route die we hebben afgesproken: de lengte van de T, daarna een paar keer langs het korte stuk. Ze draait soepel naar alle kanten zodat iedereen haar kleding goed kan zien. Op het moment dat ze Jasmijn passeert, die nu op de catwalk stapt, klinkt het eerste applaus.

Na Jasmijn is het de beurt aan Adilah. En na Adilah komt Danique.

Ik was van plan in het kleedlokaal te blijven om de modellen te helpen met aankleden, maar de meiden redden zich prima zonder mijn hulp. Alleen Amy help ik omkleden, ook om hier en daar spelden in te steken. Maar daarna gaan we terug naar de gang. Ik ben zó nieuwsgierig hoe alles gaat, dat ik zo veel mogelijk bij de deuropening sta en daar af en toe iets verschik aan de kleren van de meiden. Zacht praat ik tegen ze: 'Het gaat hartstikke prima zo! Goed gelopen, Danique. Dat was een mooie draai, Adilah, goed gedaan! Jasmijn, die jurk staat je echt geweldig! Niet te snel lopen, Amy, neem de tijd. Als je het eng vindt, kijk dan over de hoofden van de mensen heen. Luister naar wat Val vertelt, ga daarin mee. Maak maar contact met haar. En nu snel omkleden, Tess. Heb je hulp nodig?' Heel even loop ik mee naar het kleedlokaal, maar dan neem ik mijn plaats bij de deur weer in. Yfke loopt ook heen en weer tussen kleedlokaal en deuropening. Zij heeft de volgorde van de meiden goed in haar hoofd en stuurt Amy met aanwijzingen op tijd naar binnen. De meiden die een Zipp Zapp regenpak aanhebben, lopen samen door de zogenaamde nattigheid. Die krijgen misschien wel het grootste applaus.

Val doet het geweldig. Haar woorden, die vlot en melodieus uit haar mond rollen, begeleiden de modellen zolang ze op de catwalk lopen.

Maar tijdens de tweede ronde ontstaat er ineens onrust in het lokaal. Het publiek klapt na ieder 'optreden', maar als Adilah het lokaal uit gaat, hoor ik het eerste 'boe' tussen het applaudisseren door en ook als Jasmijn de catwalk af stapt, klinkt boegeroep.

Ik zie de mensen om zich heen kijken. Wie doet dat en waarom? Wat is er aan de hand?

Als Hasna opkomt, is er ineens die stem: 'Wij willen Doutzen!'

Daar moet het publiek nog om lachen, maar bij het volgende model, Danique is dat, wordt het protestgeroep steeds luider. 'Dit is geen mode!' hoor ik heel duidelijk.

'Dit zijn geen echte modellen!' roept iemand anders.

'Dit is niet om aan te zien!' roept de eerste stem weer.

Danique staat onzeker stil en kijkt naar Val, die gewoon door gaat met haar gepraat. Dan gaat Danique ook maar weer lopen, maar de mensen beginnen met elkaar te praten. Overal ontstaat geroezemoes.

'Dit is toch geen gezicht!' hoor ik nu heel duidelijk.

'Moet je nou kijken!'

De aandacht is niet meer bij de catwalk en Val houdt van schrik haar mond.

Te midden van het publiek is iemand opgestaan. Carien! Ze kijkt om zich heen en begint het publiek toe te spreken: 'Zien jullie het niet? Deze modellen zijn een belediging voor de modewereld! Dit kunnen wij toch niet serieus nemen? Dit is geen modeshow, dit is een freakshow...'

Maar er staat nog iemand op. 'Wil jij wel eens heel snel je mond houden!' zegt een oude, stijlvol geklede vrouw met roodgeverfd haar en rode lippen. Oma Valentine! Ze torent boven het publiek uit en zegt: 'Toevallig kom ik uit de modewereld, en wat wij hier zien is origineel en heel vakkundig gemaakt!' Haar blik boort zich in die van Carien. 'Als je er niet naar wilt kijken, ga je maar weg! Je hebt het recht niet deze fantastische meiden uit te jouwen.'

'Helemaal mee eens!' Nog een vrouw staat op, een jonge vrouw, ook goed gekleed. En dan staat er nóg iemand op, iemand die ook tot mijn klantenkring had kunnen horen als ze wat jonger was geweest. 'Het is geweldig wat hier gebeurt! Dun en slank heeft status, maar hier zien wij dat het ook anders kan! Bravo voor Bibi Xtra!'

Ik zie ondertussen tot mijn plezier dat Carien bij die woorden knalrood wordt. Nog even kijkt ze ongelovig om zich heen: krijgt ze geen bijval? Is *zij* het die hier afgaat? Je ziet het haar denken! En achter mij staan Tess en Hasna zich al die tijd zichtbaar af te vragen wat ze moeten doen: blijven of vluchten? Ik houd ze voor de zekerheid vast bij hun mouwen. 'Niet weglopen!' zeg ik tegen Tess. 'Dit is die stomme Carien! Laat je niet beledigen.'

'Bravo!' roept een mannenstem nu. Mijn ma en mijn

pa beginnen te klappen, zie ik. Oma Valentine en de andere twee vrouwen gaan weer zitten. Ik zou haar wel willen omhelzen, maar een lokaal vol mensen scheidt mij van haar en nu beginnen al die mensen te klappen! Dit is zo overduidelijk vóór ons en tégen Carien dat die opstaat en zich met Eylem achter zich aan tussen de stoelen door wurmt om met een gezicht vol drift het lokaal te verlaten. Gelukkig kunnen blikken niet doden, anders vielen we allebei ter plekke neer, en was dat het einde van Bibi Xtra. En dat zou zonde zijn...

Val spuugt op dat moment in de microfoon: 'Zijn er misschien meer mensen die er zo over denken als die twee meisjes?! Dan heb ik liever dat u ook de zaal verlaat! Wij laten ons niet wegzetten als belachelijk en wij laten ons niet discrimineren.'

Lieve Val – ze zegt wij! Wij gaan het bewijs leveren dat modellen niet per se anorexia-dun hoeven te zijn.

'De dame in het publiek heeft helemaal gelijk!' gaat Val verder. 'Als je een maatje meer hebt, wil je er ook leuk uitzien. En waarom niet? Wij presenteren volwaardige mode, door volslanke modellen gedragen. Kunt u het zich voorstellen, dames en heren? Natuurlijk kunt u zich dat voorstellen, want u blijft allemaal zitten!'

Er wordt gelachten en er wordt nog eens geklapt. Ik kijk naar Val. Ze knikt en ik duw Hasna het podium op. We gaan door met onze show!

Val roept enthousiast: 'En daar is ons volgende model. Het levende bewijs dat Bibi Xtra deze meiden mooi kan aankleden! U heeft al een paar van deze bijzondere creaties gezien! En wij hebben nog veel meer in petto! U kijkt nu naar onze eigen Hasna! Zij draagt een jasje en een rok die perfect bij elkaar passen. U ziet...'

Terwijl Val vertelt, kijk ik Carien en Eylem na die de gang uitlopen en in het trappenhuis verdwijnen. En alsof er niets gebeurd is, stappen mijn meiden na elkaar het podium op. Nee, dat is niet waar. Er is wél iets gebeurd. Zij stappen nóg trotser en met nóg rechtere rug over de catwalk, en het applaus is nóg enthousiaster.

Dan is eindelijk de gescheurde, maar provisorisch herstelde feestjurk aan de beurt. Ik help Hasna aankleden. Ze snuift. 'Wat ruikt dat lekker! Zo heerlijk zoet! Mag ik niet een klein hapje nemen?'

'Nee!' zeg ik streng. 'Pas na afloop.'

Met een gekwelde blik kijkt Hasna mij aan. Het resultaat van de jurk bevalt mij wel eigenlijk, maar Hasna moet er wel een ander gezicht bij trekken.

'Vrolijk kijken, Hasna,' zeg ik tegen haar. 'Denk maar vast aan straks, dan mag je je jurk kaal eten.'

Dat helpt. Voorzichtig loopt ze de gang op. Als de andere meiden haar zien beginnen ze te lachen en ik zie ook dat ze allemaal watertanden: 'Lekker!'

Jasmijn is de voorlaatste op de catwalk. Ze stapt van de verhoging af en lacht als ze Hasna ziet. 'Toi toi toi,' zegt ze.

Hasna stapt voorzichtig de catwalk op. De zaal schiet in de lach als zij Hasna zien, die de jurk een stukje optilt en omhoog klimt. Val, die niet gezien heeft hoe ik de jurk heb gerepareerd, valt uit haar rol en lacht ook, al heb ik haar gezegd te doen alsof het zo hoort.

De gaten en scheuren zijn nog overduidelijk te zien, maar overal waar het kon, heb ik met rode veterdrop de losse stukken stof aan elkaar geknoopt. De veterdrop zelf zit vast met kleine speldjes en op een aantal plekken heb ik kleine stukjes stof tot een tuitje geknoopt en daar veterdrop met een strik omheen gewikkeld. Het model is nu wel wat minder flatteus, maar ik moest iets. Met spekkies heb ik de grootste gaten gecamoufleerd. Ook het kapotte schouderbandje is vervangen door rode veterdrop. Waar een extra voorraad snoep al niet goed voor is!

Hasna en de jurk krijgen applaus. Voorzichtig loopt ze over de catwalk en ze laat zich aan alle kanten zien.

'En nu, dames en heren,' improviseert Val erop los, 'zijn we toegekomen aan de laatste creatie van Bibi Xtra, met een duidelijke knipoog naar onze modeontwerpster zelf. Kijk Hasna trots haar lievelingsjurk dragen! Door de onvoorspelbaarheid van de stof kon Bibi met haar favoriete materiaal gaan werken! Als u denkt: goh, er zitten scheuren in de rok, dat hóórt zo, dames en heren! En waarom zouden de schouderbandjes gelijk moeten zijn? Kijk hoe fraai die kleuren bij elkaar passen! Kijk hoe iedereen zich verlekkert aan de jurk! Het geheel geeft een zeer origineel effect, vindt u niet?'

Hasna kan zich niet beheersen, breekt een stukje veterdrop af en eet het op. Het publiek begint te lachen, te klappen, te fluiten en te joelen. 'Wohoow! Whoe!'

Val kan er ondanks de microfoon bijna niet meer overheen komen. 'En dat, dames en heren, was de laatste jurk. Dank u voor de aandacht. Dit was de modeshow van Bibi Xtra voor Xtra grote meiden! Dames en heren, geef ze een Xtra hartelijk applaus! Heel erg bedankt, Hasna! Amy, Danique, Jasmijn, Adilah, Tess, bedankt! Bibi, bedankt!'

Wij staan op een kluitje bij de deur en ik stuur de

meiden allemaal de catwalk op. Het slotapplaus is oorverdovend, ze breken bijna de tent af! Dit horen ze vast door de hele school, denk ik tevreden. Er is één persoon van wie ik hoop dat ze het ook hoort: Carien.

En het publiek is vooralsnog niet van plan ermee op te houden. 'Bibi! Bibi! Bibi!' wordt er geroepen. Ik wil niet, maar ook ik word door Yfke de catwalk op geduwd. Ik ga tussen de meiden staan en samen nemen we het applaus in ontvangst. Ineens zie ik hoe oma Valentine opnieuw opstaat, en haar best doet naar voren te komen. Mensen laten haar langs en even later staat ze naast Val en Leila op het podium. Ze pakt de microfoon.

'Een jaar geleden,' zegt oma Valentine als het stil is, 'kwam dit meisje bij me. Ze was steeds teleurgesteld, omdat ze geen leuke kleren kon vinden in de winkels in de stad en vroeg of ik haar kon leren naaien. Nu, een jaar later, heeft ze al een eigen collectie op haar naam staan en is zij een belofte voor de toekomst.'

'Met dropveters!' roept iemand in de zaal.

'En dat deze meiden...' nu wijst oma Valentine naar mijn modellen, die bij elkaar in de deuropening staan, 'het aan hebben gedurfd de catwalk op te gaan om de kleren van Bibi Xtra te showen, vind ik heel erg stoer!'

Mensen beginnen opnieuw te klappen en we buigen en buigen. Dan kunnen we eindelijk het podium af. Mijn meiden omhelzen me, geven schouderklopjes, en ik zie dat een paar van hen een traantje wegpinken.

Hasna knuffelt me bijna dood. 'Ik voel me zó mooi, dank je wel, Bibi!'

'Ik had nooit gedacht dat ik nog eens als een echt model op een catwalk zou lopen,' zegt Jasmijn.

'Jij hebt meer gedaan dan ons een leuke middag geven.' Adilahs stem bibbert als ze mij aankijkt. 'Je hebt ons zelfvertrouwen gegeven.'

'Nou moeten jullie ophouden!' roep ik met een brok in mijn keel. Straks sta ik hier nog een potje te grienen. En we moeten opruimen!

Maar als ik denk dat nu te kunnen doen, heb ik het mis. Iedereen komt op me af: mijn ma, mijn pa, Bink, Amber, Cecile, haar ouders, de ouders van Val, leraren, klasgenoten, de ouders van de andere modellen.

'Wat leuk gedaan, Bibi! Prachtige kleren heb je gemaakt. En die meiden, je kunt zien dat ze zich prettig voelen in jouw kleren.'

Gloeiend hoor ik al die complimenten aan. Mijn blik zoekt oma Valentine. Waar is zij gebleven? Toch nog niet naar huis? Ik wil haar bedanken. Ik heb dit tenslotte aan haar te danken!

Pas als iedereen het lokaal verlaat, zie ik oma Valentine met de andere meiden staan praten. Ik ga naar haar toe en zij slaat haar armen om mij heen.

'Liefje, wat een geweldig succes! Gefeliciteerd! Wat heb jij iets bijzonders gedaan! Ook voor mij, weet je dat wel? Ik had mijn man verloren en daarmee ook het plezier in het leven. Door jou bleef ik op de been. Je geeft mijn leven weer zin. Dank je wel!'

Hallo, ik zou háár bedanken, maar ik kan de juiste woooorden even niet vinden. Oma Valentine drukt me stijf tegen zich aan en ik ben blij toe, want zo kan ik de tranen in mijn ogen verbergen. Maar zij houdt het ook niet droog, zie ik. Als ze me loslaat, veegt ze met haar hand langs haar wang. Dan kijk ik de meiden aan, om hen op mijn beurt te bedanken.

'Echt, ik vind het super dat jullie dit voor me gedaan hebben. Dank je wel!'

'Mogen we dan nu Hasna's jurk opeten?' vraagt Adilah.

En dan storten we ons met z'n allen op de jurk.

Wedstrijd

In de weken na de modeshow stromen opnieuw de opdrachten binnen. Het zijn er te veel, ik moet zelfs mensen teleurstellen. Met behulp van oma Valentine zet ik een aantal patronen met een werkbeschrijving op papier. Die kunnen mensen ook kopen, en dan vervolgens zelf gaan naaien.

We hebben het nog regelmatig over de modeshow. Ik bedoel ook dat wij nog heel lang lachen om wat er gebeurd is.

'De dame in het publiek heeft helemaal gelijk!' doen wij Val na en we liggen alweer in een deuk. 'Dat zeg je toch niet over je oma!'

'O, dat gezicht van Carien!' Val hikt van het lachen.

'En die jurk van Hasna!' Yfke grijnst breed.

'Die was lekker!' De herinnering aan de plundering van de jurk doet ons schuddebuiken. En Hasna en ik hebben zo lekker veel buik om mee te schudden van het lachen.

Val heeft het nog regelmatig over de feestavond aan het slot van de dag, waarop ze verkering kreeg met Jelmer, de jongen van de techniek. Ze vertelde het ons alsof we er niet zelf met onze neus bovenop stonden. 'Het was de hals van mijn jurk! Die heeft hem betoverd!' blijft ze herhalen. 'Bibi, jij hebt ons bij elkaar gebracht. Dank je wel!' Het is wel wennen, de eerste van ons die serieus verkering heeft, maar we zijn wel blij voor haar. Ze was inderdaad een sprookje in die jurk. Grappig was dat mensen later pas door hadden dat ik die ook had verzonnen en gemaakt. Wat hebben wij een complimenten gekregen! Dat ging dus nog de hele dag door. Iedereen had ervan gehoord, inclusief Cariens poging ons belachelijk te maken. Zelfs de schoolleider van het vmbo kwam ons een compliment geven. Vernieuwend, noemde hij mij, iemand met lef. Man, toen hij dat zei, zou ik door de grond willen zakken – wat met mijn kilo's natuurlijk niet zo moeilijk is – zo verlegen werd ik onder die woorden. Wat hielp, was de gedachte: het is school maar die dat zegt. Natuurlijk is de directeur trots op zijn leerlingen. Er zijn er zo veel met talent.

Iedereen was trots. Mijn moeders neus krulde, mijn pa was als een pauw. Zelfs Bink kon niet nalaten te zeggen: 'Zij is *mijn* zus! En volgend jaar kom ik hier ook op school.'

En natuurlijk oma Valentine. Zij was het allertrotst. Kijk, dát deed mij heel veel plezier.

En op mijn beurt was ik trots op de meiden, want zij durfden zich te laten zien! Onze show is nog dagenlang besproken op school, en iedereen die er was, had zoiets van 'ik was erbij!'

Ik hoef zeker niet te vertellen dat het nu oorlog is tussen Carien en mij. Zij heeft ongewild mijn succes nog groter gemaakt. Ik denk dat ze achteraf zou willen dat ze geen poging had ondernomen om ons onderuit te halen, want ze is wekenlang nagewezen op school. Kijk, dat is dat meisje dat...

Zij kan mijn succes niet uitstaan. Zielig voor haar.

Gelukkig zie ik haar nog maar zes uur per week en ik doe of zij en Eylem lucht zijn. Ik hoef geen oorlog. Moeilijker te negeren is haar gedrag op Hyves en Facebook. Denken wij. Van verschillende kanten worden we bestookt met nare opmerkingen. Ik denk dus dat zij erachter zit. Ik weet bijna zeker dat ik gelijk had met de verdenking dat zij dit eerder ook deed met verschillende nicknames.

'Je kunt nooit een zelfverklaarde modekoningin worden,' zegt iemand.

'Bibi doet alsof ze verstand heeft van mode, maar de echte mode is gebaseerd op maatje 34,' zegt een ander.

'Bibi is een eendagsvlieg,' zegt een derde. 'Ze kan het toch nooit opnemen tegen de echte merken.'

Wij denken dat het Carien is die dat allemaal zegt. We beleggen er een aparte vergadering voor: hoe gaan we hiermee om?

'Niet,' zegt Val. 'Laat die meid toch in haar eigen vet gaar smoren.'

Maar Thian mailt met de mensen van Hyves en Facebook, en die beloven contact op te nemen met Carien. Alle nepprofielen die van hetzelfde ip-adres komen, zullen geweerd worden van onze pagina's.

Tegelijkertijd gaan ook onze klanten in de aanval. Ze beschuldigen haar van jaloezie en nemen het voor ons op. Zo wordt ze in het openbaar verslagen. Wat blijft, zijn haar giftige blikken in de schoolgangen. Ach, het is mijn laatste jaar.

'Wen daar maar vast aan,' zegt Melody. 'De modewereld zit vol jaloerse mensen.'

Daar heeft ze een punt. Ach, Carien kan me niets maken. En wat ze vergeet, is dat er altijd dikke meiden zullen zijn. Dus zal mijn kleding nodig blijven. Want afvallen is iets wat we diep in ons hart wel willen, maar gewicht verliezen is zó moeilijk. Je moet jezelf veranderen. Stel, je houdt heel veel van sporten en je mag dat niet meer doen... Of je bent een flapuit en je moet jezelf aanwennen altijd éérst tien tellen niks te zeggen en dán pas te reageren. Dat valt niet mee! We praten er wel over, hoor. Soms, heel soms, is dat voor mij een stiekeme droom: niet net zo dun als de letter i in mijn naam, natuurlijk, maar wel iets minder dik. Het enige echte argument is natuurlijk onze gezondheid. Misschien moet ik minder snoepen, ja, dat is vast een goed idee, maar ik houd van snoepen en ik houd van mijn kilo's. En ik moet om mijn bedrijfje denken. Misschien is afvallen iets voor later.

Algauw neemt het gewone leven weer de overhand. Mijn dagen zijn vol: school, huiswerk, naaien, klanten te woord staan, eten, slapen. De zumbalessen, die ik nu weer trouw volg, heb ik nodig om fit te blijven. School is wel heel serieus aanpoten dit jaar. Eindexamenjaar! Ik wil per se slagen om hierna de mbo-opleiding mode te kunnen doen. Dat staat vast, zeker na het succes van de modeshow. Nee, niet alleen het succes bepaalt mijn keuze, ik vind het allemaal zó verschrikkelijk leuk om te doen! Maar nu moet ik mijn activiteiten beperken: vóór alles moet ik zorgen dat ik mijn diploma haal.

De herfst zet in met veel wind en regen én met onze eerste schoolexamens. Als die voorbij zijn, komen mijn vriendinnen met iets bijzonders aanzetten: 'Kijk, Bibi, is dit niet iets voor jou?' Ze duwen een papier onder mijn neus.

'Wat is dit?' Ik neem het aan en lees de print. 'Hema-ontwerpwedstrijd?'

Thian glundert. 'Kwam ik toevallig tegen op internet. Ieder jaar is er een wedstrijd. En het winnende ontwerp wordt in productie genomen. Je kunt van alles inzenden, ook mode, zie je wel?'

Mijn blik glijdt opnieuw over de woorden die mijn vriendinnen voor me hebben uitgeprint. *Van de studenten die aan de wedstrijd willen deelnemen, verwachten wij dat ze een tijdloos product maken, eenvoudig, functioneel, maar verrassend.*

'Maar ik ben helemaal geen student!' roep ik uit.

'Nee, nou en?' zegt Val.

Maar Yfke denkt daar anders over. 'Wél, je zit toch op school? Je bent een vmbo-student. En je gaat toch zeker door in de mode volgend jaar?'

Maar Thian wijst op een speciale alinea. *De Hema is er voor iedereen, dus wij dachten dat het wel aardig was onze klanten eens te vragen naar hun ideeën. Waar hebben zij behoefte aan? Wat willen zij in onze winkels kopen?*

'Dit jaar mogen klanten ook meedoen. Iedereen kan dus iets inzenden,' zegt ze.

Ze overvallen me een beetje. 'Maar om zomaar aan zoiets mee te doen...'

'Niet zomaar! Iedereen zegt dat je talent hebt.' Val staat heftig te knikken.

Ik wrijf over mijn neus.

'Je moet iets gewoons ontwerpen.' Thian.

'Dus een van je vroege jurkjes of bloesjes is heel geschikt.' Val.

'Of je Zipp Zapp regenpak. Die wordt dan door duizenden gedragen!' Yfke.

'Dan moet ik wel winnen,' zeg ik laconiek.

'O ja,' zeggen ze alle drie. 'Maar daar twijfelen we niet aan.'

Ik wel, zeker nadat ik op de site heb gekeken. Het gaat om een wedstrijd voor échte studenten. En die wedstrijd onder klanten? Dat *mijn* klanten enthousiast zijn, wil nog niet betekenen dat iedereen er warm voor loopt. Bovendien: ging het niet om een ontwerp dat zo veel mogelijk mensen moet aanspreken? Ik maak alleen iets voor de dikke medemens, al zal ik in de toekomst, als ik een modeopleiding wil doen, ook 'dunne' kleren moeten maken. En dat regenpak, ach, toen bestond Bibi Xtra nog niet eens, al heb ik het later voor verschillende van mijn klanten gemaakt en zo geperfectioneerd.

'Dat pak kan gemakkelijk ook in kleine maten gemaakt worden,' dringen mijn vriendinnen aan.

Ik ben zó in beslag genomen door school en Bibi Xtra, dat ik er niet meer aan denk.

Maar na een week of wat herinneren mijn vriendinnen me eraan: 'Heb je je al aangemeld? Zullen wij helpen iets kiezen?'

Het is bijna kerstvakantie, en zelfs dán komt het er niet van, maar Val, Yfke en Thian blijven me pushen. Vooral om van het gezeur van mijn vriendinnenclubje af te zijn stuur ik uiteindelijk het ontwerp van mijn Zipp Zapp regenpak, compleet met een beschrijving van de gebruikte materialen, een berekening van de kostprijs en een motivatie. Om het opnieuw te vergeten in de drukte van alledag.

Modeontwerpster

Op een dag in het voorjaar raap ik een envelop van de deurmat. Reclame, denk ik automatisch. Bijna wil ik hem al ongeopend bij het oud papier leggen, mijn hoofd staat helemaal niet naar reclame, maar naar school-, proef- en mondelinge examens.

Als ik mijn naam op de envelop zie, is er kortsluiting in mijn hoofd. Hema – Bibi. Flits. Flits. De ontwerpwedstrijd. Opgestuurd. Beoordeeld. Afgewezen.

Op dit moment heb ik absoluut geen zin de brief open te maken. Ik heb geen zin te lezen dat mijn ontwerp, hoewel aardig bedacht en vakkundig uitgevoerd, niet tot de prijswinnende producten behoort.

Jeetje, hoe kom ik aan die woorden? Ze rollen mijn hoofd in, en ik wil ze daar niet hebben. Ik wil even niets met Bibi Xtra te maken hebben. Ik moet examen doen.

Ja, je hoort het goed: ik ben even Xtra-af. Op last van mijn ma, opperdirectrice tegen wil en dank, is oma Valentine tijdelijk waarnemend directeur van Bibi Xtra. Ik mag even niet zo veel, en ik laat het maar zo, want ik wil erg graag mijn diploma halen en dat is gewoon hard werken. Oma Valentine doet bijna al het naaiwerk. Begin juni, na de examens, als ik weer alle tijd heb, ben ik weer op mijn post. Dan gaat oma Valentine een poos op vakantie, heeft ze al aangekondigd, en kan ze uitrusten. Niet dat ze dat nodig heeft, ze is tenslotte een heel vitale oma, zeker nu haar verdriet draaglijker is geworden. Dat zei ze laatst toen ik haar ernaar vroeg: 'Het gaat nooit voorbij, maar het is draaglijk, ik kan ermee leven.' Mooi woord, draaglijk.

Nee, ik kan me niet meten met de andere deelnemers die ongetwijfeld allemaal volwassen zijn. Het was bluf om iets op te sturen. Misplaatste bluf. Ik zal terecht worden gewezen, ik weet al wat er in de brief staat.

Ik loop naar mijn kamer en leg de envelop zomaar ergens neer met de bedoeling hem later wel een keer te lezen. En daar blijft de brief liggen, algauw ondergesneeuwd door schoolboeken, oefenexamens, en schriften vol aantekeningen.

'Heb je al iets gehoord, Bibi?' vragen mijn vriendinnen regelmatig.

'Nee,' antwoord ik. 'Ik zal dus wel niets hebben gewonnen.' Alleen de eerste keer voelt het als een leugentje om bestwil, daarna ben ik de brief echt vergeten.

'Maar je krijgt toch wel bericht?' nemen zij aan. 'Ze zullen toch niet helemaal niets laten horen?'

Ik haal mijn schouders op en ga weer aan het werk.

Tot ik een paar weken later word gebeld. Nietsvermoedend neem ik de telefoon van mijn broertje Bink over. 'Met Bibi?'

'Hallo, met Yvette Kramer,' hoor ik. 'Jij hebt meegedaan aan de Hema-ontwerpwedstrijd voor klanten en we hebben je daarover geïnformeerd, maar we hebben nog niets van je gehoord.'

Ik heb de neiging de verbinding te verbreken, maar dat is niet netjes, dus ik luister braaf naar het vervolg.

'Jouw inzending is één van de genomineerde producten en we wilden weten of je bij de prijsuitreiking kunt zijn en hoeveel mensen je meeneemt.'

Ik weet niet wat ik hoor. Naar adem happend sper ik mijn ogen open. Dan hoor ik in mijn oor: 'Hallo.... Ben je er nog? Bibi?'

'Ja, ja, ik ben er nog,' zeg ik snel. 'Maar, ik snap het niet, betekent dat...'

'Jouw inzending is geëindigd bij de laatste drie. Uiteraard kan maar één ontwerp de prijs winnen, maar dat maken we pas volgende week bekend. Ik wil weten of je daarbij zult zijn.'

Ik moet heel snel denken om dit allemaal te kunnen volgen. 'Eh, ja, natuurlijk. Maar wanneer is het?'

'Donderdagavond. Het staat allemaal in die brief. Heb je die wel gekregen?'

'Ja, ik denk het wel,' zeg ik gauw. 'Maar die ben ik kwijtgeraakt, geloof ik.'

Yvette belooft de brief nogmaals per mail te sturen, omdat alle gegevens erin staan. Ze zegt nog wel: 'Je mag maximaal drie mensen meenemen. Dan zie ik je volgende week. Tot dan!'

Pas als de verbinding verbroken is, komt de blijdschap. Ik begin te juichen en te springen, waarop Bink nieuwsgierig om de hoek komt kijken, gevolgd door mijn ma. Daarna sms ik mijn vriendinnen.

Samen met mijn ma, Yfke en oma Valentine reis ik naar het filiaal waar de prijsuitreiking is. Die laatste wil ik er per se bijhebben, zonder haar had ik hier niet gezeten. En omdat ik maar drie mensen mee mocht vragen, moest ik kiezen uit mijn vriendinnen en dat werd Yfke, omdat zij het regenpak voor mij heeft getekend.

Ik draag mijn mooiste jurk, en heb me helemaal opgedoft. De officiële ontvangst, de feestelijk aangeklede zaal, de taartjes bij de koffie: mijn avond kan al niet meer stuk. Om acht uur schuiven we aan in een van de rijen met stoelen die in een halve kring om een verhoging staan. De toespraak van de directeur of weet ik veel wie hij is, gaat wat langs me heen. Ik kijk in het rond en zie langs de wand een lange tafel met een wit tafelkleed. Er staan glazen klaar die nu nog op de kop staan, flessen wijn en pakken sap. We krijgen straks dus nog een drankje. Zou daar een hapje bij zijn? Ik laat mijn blik over de kleding van de andere deelnemers gaan en zie dat ik de jongste ben. Verderop zitten de studenten waarvan één meisje prachtig aangekleed is in een soort broekpak. Zou zij mode studeren? Wacht, ik moet wel opletten, ze beginnen met de wedstrijd voor klanten. Er staat nu een vrouw achter de microfoon.

'Wij vinden het belangrijk dat onze producten iedereen aanspreken, dus bij de beoordeling kijken we of het ontwerp aansluit bij onze uitstraling, en gebruikt kan worden door een breed publiek, maar ook kijken we naar de juiste kwaliteit voor de juiste prijs.'

Ze introduceert de drie producten die kans maken op de prijs. Mijn Zipp Zapp regenpak is het enige modeartikel. Ineens staat iemand in het regenpak op het podium. Waar komt die vrouw zo snel vandaan? Gek hoor, dit pak is niet door mijzelf gemaakt, maar is wel precies zoals ik het bedacht heb met oma Valentine en Yfke. De persoon die erin zit, geeft een demonstratie hoe snel het regenpak afgeritst kan worden. En de vrouw praat maar door, over het regenpak en over de andere twee producten: een bijzonder vormgegeven lamp en een handige reistas.

Maar ik kan me niet op het praatje concentreren. Ik geloof namelijk nooit dat ik win – de prijs gaat vast naar de stoere tas, deze avond is gewoon een leuk avondje uit. De nominatie is al prijs genoeg, vind ik, iets om trots op te zijn. Dat roepen mijn vriendinnen ook de hele tijd.

Mijn vriendinnen... Zonder hen zat ik hier evenmin. Wat heb ik veel aan hen te danken! Als we straks examen hebben gedaan, scheiden onze wegen, want allemaal hebben we voor een andere opleiding gekozen. Jammer. Maar we zullen elkaar zeker blijven zien, en ook gaan ze allemaal door met Bibi Xtra, hebben ze met hun hand op het hart beloofd. Alleen eerst nog even slagen voor ons examen...

Aan de ene kant krijg ik een por tegen mijn bovenarm (Yfke), aan de andere kant wordt mijn hand gegrepen (oma Valentine). Ik geloof dat ik moet opletten en richt mijn blik op de glimmend rode lippen van de vrouw op het podium.

'Uit het juryrapport blijkt dat het winnende ontwerp origineel is, praktisch en geschikt voor een grote doelgroep. Het past voor honderd procent in ons assortiment en is in deze vorm nog niet op de markt. Het zal Nederland zeker doen opfleuren!'

Nu worden mijn handen aan twee kanten fijngeknepen. Heeft ze het nu over...?

'Het winnende ontwerp is van de jongste van de deelnemers, dames en heren, het winnende product is... het Zipp Zapp regenpak van Bibi Xtra!'

Naast mij springen Yfke en oma Valentine op. Omdat

ze mijn handen nog vasthebben, word ik omhoog getrokken. Het ziet er alles behalve elegant uit, schiet door mij heen. Ik word omhelsd, en dan heb ik ook al een knuffel van mijn ma te pakken.

'Bibi, kom alsjeblieft op het podium!' wordt er voor in de zaal geroepen.

Heb ik gewonnen?

Ik heb gewonnen! Het wil nog niet echt tot me doordringen. Ik wankel naar voren, en neem de felicitaties en een bos bloemen in ontvangst. Voor de tweede keer in een half jaar tijd sta ik op een podium en hoor ik dat de zaal voor mij klapt.

'Het Zipp Zapp regenpak!' zegt de vrouw met de rode lippen. 'Bibi, hoe kóm je erop?'

Ze houdt de microfoon voor mijn neus en ik vertel hakkelend het gênante verhaal over die dag in de hal van onze school. De zaal lacht, en klapt. Daarna wil de vrouw nog weten of ik echt Bibi Xtra heet.

Had ik die naam opgegeven? Ik weet het niet meer. Maar ik vertel vol trots (en nu vloeiend) over mijn webshop, wat opnieuw applaus oplevert.

'Een ondernemende meid, zo zien wij het graag!' roept de vrouw. 'En met deze prijs is er landelijke erkenning voor deze jongedame met haar webshop!' zegt zij. 'Gefeliciteerd! Jouw ontwerp wordt in productie genomen! En wat zijn je plannen voor de toekomst, Bibi?' wil ze nog weten.

'Eerst slagen voor mijn examen en dan een opleiding in de mode,' antwoord ik.

'Je bent een belofte voor de school die jou mag opleiden.' De vrouw kijkt me aan. *Ze meent het*, besef ik met een schok. Dan gaat ze verder: 'Dank je wel, Bibi, ga maar weer zitten. Dan gaan we nu over naar de ontwerpwedstrijd voor studenten product-, mode- en foodontwerp in Nederland en België.'

Ik ga naar mijn plaats en zie op weg daarnaartoe nieuwsgierige en verwonderde blikken van het aanwezige publiek. Wat? Denken jullie dat een piepjonge dikkerd niets presteert? Dan ken je mij nog niet, denk ik lief glimlachend.

Als ik weer op mijn plaats zit, timmert Yfke op mijn schouder, slaat oma Valentine haar arm om mijn zij om mij tegen zich aan te drukken en knijpt mijn ma even in mijn hand.

Mijn toekomst, denk ik als de vrouw op het podium de studenten toespreekt. Ik ben Bibi en ik ben dik, ik ben eigenaar van een goed lopende webshop en ik ben toekomstig modeontwerpster. Klinkt goed, hè?

Ik kan me opnieuw niet concentreren op wat er gezegd wordt op het podium. Ik zie dat via een zijdeur lekkere hapjes binnen worden gebracht. Wat heb ik daar zin in! Het water loopt me al in de mond. Ik laat het geblabla langs me heen gaan en als ze op het podium eindelijk hun mond houden, gaat die van mij open: gretig schuif ik al het lekkers naar binnen. Hmmmm!

Bibi's schetsboek

Zelfgemaakt!

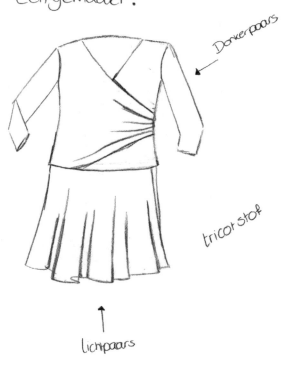

Donkerpaars

tricot stof

lichtpaars

"Donker en effen doen het altijd goed bij mijn maat, heeft oma Valentine gezegd

Ik ben super trots,

De kraag is goed gelukt vind je niet?

donkerbruin

↑
bloemetjes

knoopsgaten
Pff... wat een priegelwerk

mooi hé?

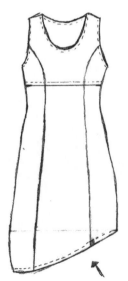

gemaakt van katoen

Waarom moet alles zo recht zijn?

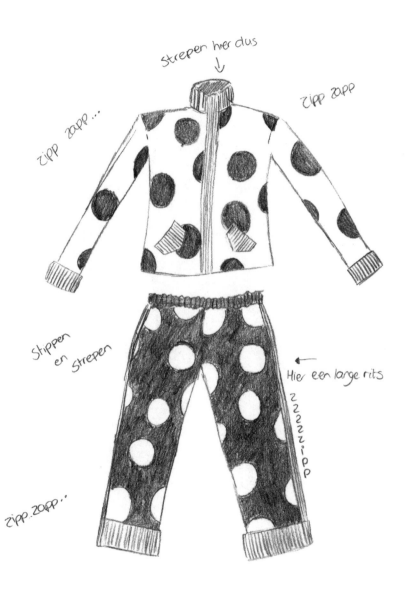

Strepen hier dus

Zipp zapp...

Zipp zapp

Stippen
en Strepen

Hier een lange rits
zzzzzipp

Zipp zapp...

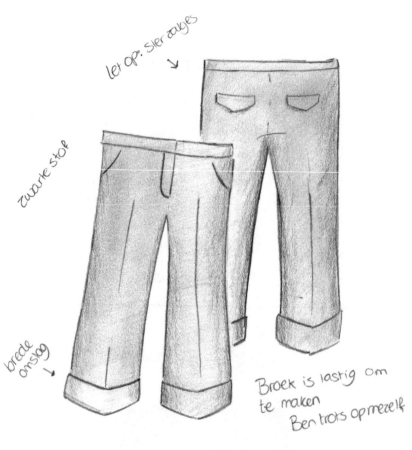

let op: sier zakjes

zwarte stof

brede omslag

Broek is lastig om
te maken
Ben trots op mezelf

Staat mooi bij een top !

voor -
en achterkant

Voor mezelf, voor de feestdagen!

Let op: ster gemaakt van leer

Stof met glitters

valt heel soepel

wijde mouwen

met dank aan oma Valentine

Omslag vestje,
Perfect voor Hasna

kastanje bruin
staat haar goed

vestje en rokje
voor Hasna!

lintje

elastiek

plooien

josje van spijkerstof

Stoer hè !

en deze past

Zwarte knopen

Bloes voor Adilah

hopen dat ze
het leuk vindt!

zoals hier!

Dubbele stof : donkerrood onder
doorzichtige stof boven
met bloemenprint

Eigen collectie Bibi Xtra

schattig jurkje

strik →

Deze zetten we op facebook

in rood, in blauw, met bloemen

Wat zal ze stralen

Let op: wespentaille

Valt lekker soepel

jurk voor Valerie-Valentine

mooi blauw

Valt ook erg in de smaak

grote
zakken

↗
Deze strook gaat van licht naar donker

Tip: Basic top er boven dragen

speciaal ontworpen voor
Bibi Xtra

móóóóie sluiting

Dit is een bestseller!

→

rechterpyp is
korter dan de linker

linnen
(kan in alle kleuren)

Mijn droomjurk!

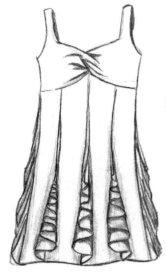

goud, geel en glitter

lap dunne stof kronkelt in de plooien
van de jurk. Bijzonder hè?

Hasna mag hem laten zien op de modeshow

Bibi ·Xtra